赤木智子的生活道具店

Akagi Tomoko

[日] 赤木智子 —— 著
吕灵芝 —— 译

新星出版社　NEW STAR PRESS

食 たべる

茶艺练习 | 茶壶和茶碗　3

日常 | 三谷先生的木器皿　6

初始 | 井畑姐姐的茶碗　11

真心话 | 小野哲平的陶器　16

率真直爽 | 壶田先生的猪口杯和片口　19

像模像样 | 印度的奶壶　22

忍不住 | 关于手　24

心的缺口 | 便当盒　27

米饭之力 | 杉本家的土锅　31

饭团与我 | 赤木明登的食盒　35

莴苣菜田　39

衣 きる

犬之修行 | 而今禾的半身裙　63

巴士车票 | 尤根·列鲁的羊毛毡包　67

好穿的衬裤 | 贴身内衣　70

可爱的人 | 由美的半身裙　75

不可或缺丨室内鞋　78
购物丨菜篮子　82

咖啡屋　87

居
すむ

玻璃的"噢！"丨辻妹妹的玻璃片口　119
"掘·攀"丨梯子　121
宇吉丨卡梅利亚的彩铅画作　123
唰唰唰丨扫帚　125
怪阿姨的举动丨越南的扫帚和水壶　128
极尽奢侈丨加贝地毯　132
收获欣喜丨家　136

后记　140
本书中登场的生活道具　142

食 _{たべる}

茶艺练习 | 茶壶和茶碗

到了这个岁数，我才开始学习茶艺。其实我很久以前就一直想学习茶艺，但身为三个孩子的母亲，很难拥有只属于自己的时间。一次，我读到《日日是好日》这本书。书中讲述了作者从持续二十五年的茶艺练习生活中体会到的许多东西。虽然一开始毫无特别的感觉，但渐渐地，她开始在日常的品茶过程中，感受到当下的季节、当下的时刻，并乐在其中。她尽情享受每一天，获得了身心上的自由。读着读着我发现，那与我搬到奥能登之后，沉浸于每日理所当然的生活中，并从中注意到、感受到的东西不是一样的吗？原来如此。"日日是好日"不也正是我的人生主题吗？我不禁满脑子都是这个有点小题大做的想法。

就在这时，机缘巧合，武者小路千家开办了茶艺讲堂。尽管其中充满了未知，学习的过程坎坷曲折，我也似初生牛犊不怕虎。虽然点好的茶根本端不上台面，我还是对此着了迷。明明只是按照顺序点茶，按照顺序享用点心和茶水，其中究竟有何乐趣，连我自己也难以道明。每次轮到自己点茶，我的脑子都会变得一片空白。尽管大脑罢工，但总不能什么都不做，只好不管三七二十一先奉上点心。思考中断、心里一个劲儿地念叨"啊啊我怎么啥都记不起来了"的同时，我的双手还是会自己动起来。真不可思议。有时，比起在脑海中拼命思考、反复背诵笔记本上记下的顺序，反倒是脑子一片空白的时候动作会更为流畅。看来我这双笨手也是能多少掌握一些东西的。说白了，我的手比脑子还灵敏。每次练习结束后，虽然会感到筋疲力尽，但同样也觉得自己变得更出色了。

每天早晨，我都会半眯着眼睛起床，随后径直走向厨房，先拿出铁壶烧水。这已经成了我的习惯。我有一个非常爱用的茶壶，是专门请广岛的陶艺家秋田小夜子按照一般茶壶的比例，稍微加大尺寸制作的。我会在里面加入阿萨姆红茶，将刚刚沸腾的水尽量举高，缓缓注入。关键就在于这个动作。要让水分裹挟着空气，使茶叶在茶壶中恰到好处地旋转。然后闷一小会儿，这点也很重要。接着要看准时机将茶水倒入茶杯。哦对了，在此之前记得轻轻转动茶壶。

茶泡好之后，我会把茶水注入上泉秀人制作的大号镐杯里面。这个茶杯的尺寸可不是一般的大。不过现在除了它，再没有别的器皿能够胜任我家每天早晨的奶茶制作了。换句话说，我已经彻底依赖上了这个完美的茶杯。灌满大半杯茶水后，再稍微点缀一些牛奶。最后坐在椅子上，一边一本正经地发着呆,一边双手捧着奶茶喝。咕嘟。温热的奶茶缓缓渗透清晨睡意蒙眬的身体,仿佛怀抱刚出生的婴儿轻吻它娇嫩的肌肤,又好像在寒冷潮湿的冬夜钻进暖烘烘的被窝一样舒心惬意。每天都是如此。尽管一点没经过大脑思考,还是会仔仔细细,认认真真地泡茶。有客人留宿时,也一样悠然闲适地泡上一大壶茶。我就是这样,将"惬意"把握在手中的。

无论怎么装腔作势,都会在这一刻流露出自己的本性。同样是点茶,如果心情焦躁,或多或少会将其体现出来。

茶艺老师曾经说过这样一句话:"学习茶艺,其实就是花上许多时间,慢慢打磨自己。"如果真是这样,那么或许连我也能做到。这也让我头一次产生了想要长寿的念头。

秋田小夜子的茶壶——109 页
上泉秀人的镐杯——105 页

日常 | 三谷先生的木器皿

我与三谷龙二先生已是将近二十年的老相识了。虽然现在他是备受欢迎的木器皿艺术家，但当我还在东京某家画廊工作时，他的主要工作却好像都是雕塑啊立体作品这一类东西，具体来讲就是用木头来制作人物和建筑风景。对了，我有一次偶然看到一张明信片，上面的图案就是三谷先生创作的骑自行车的小男孩。当时他还不太出名，可我还是想为这个人举办展览，想看看他的作品。我这个人一有什么想法就会闷头实践，谁也拦不住。于是想方设法找到了三谷先生的住址和联系方式，用我一如既往的厚脸皮给他写信、打电话。然后，三谷先生就以他那一贯的和蔼态度答应了在画廊开个人展的请求。

当时我丈夫正好辞去了编辑的工作，打出"我要成为匠人"的宣言，并计划与我带着刚出生的阿百离开东京，搬到轮岛居住。而我自从在画廊担任策划工作后，几乎把所有激情都投入其中，无论是醒着还是做梦，脑子里想的都是画廊。还开始考虑"画廊的十年规划"，认为像现在这样下去不太好，必须重新调整展览方针，要展出更加贴近生活、让人忍不住每天都想使用、一旦拿在手中就能感觉到幸福的东西……

那时我一直都在到处寻找崭新的创意、有趣的事物、富有力量的作品。绝不局限于手工艺人，连专门创作艺术题材的工匠、雕刻家，甚至现代美术也有所涉及。总之我想让人们知道，在繁忙的新宿中央，只要走进这里，就能看到好玩的东西、能看到新兴艺术家的作品，让人们感叹"还有人在做这种东西啊"。为此，我不断学习、不断欣赏作品，也结识了许多人。尽管不是自己的画廊，还是每天都在为画廊认真地思考。可是在老板和公司看来，我却在自作主张，利用画廊做了很多毫不相关的事情。

意识到公司和我自身的认识差异时，我真的受到了很大打击，仿佛从楼梯上滚下来摔得头破血流一般。我自认为把全副身心投入到了工作中，根本没有掺入一丝一毫的利己之心，甚至为画廊将来十年的发展做好了规划。这件事当真让我大哭了一场。尽管如此，现在离开东京，用稍微成熟了一点的头脑再来思考时，我已经很明白：自己并不是经营者，那样的做法确实显得有点自说自话，一定是我投入全副身心的方法出错了。

但当时经过一番前思后想，最后我做出了决定，就是辞去画廊的工作，跟丈夫一同移居轮岛。当然，跟丈夫在轮岛展开新生活本身对我来说也充满了魅力。或许大家会感到很不可思议，做出这个决定之后，我反而更加认真地投入到剩余的展览策划中，也向一直对我关爱有加的创作者们做了诚恳而详细的解释。而我离开东京前策划的最后一个展览,就是"三谷龙二展"。如今回想起来,那已经是二十年前的事情了。

丈夫拜入轮岛匠人的师门后,持续了整整五年埋头苦干心无旁骛的生活。时间如白驹过隙,待我回过神来,转眼他已经要在东京进行首次个人展出了。虽然措辞有些夸张,但其中感觉一点不假。移居轮岛之后,丈夫醉心于漆艺修行,最终独立出来,创作了自己的作品,甚至开始举办展会。直到现在,他仍保有那样的热忱。我年轻时虽然也像他一样充满激情,但还是无法追上丈夫的节奏,所以,我最终放弃了奔跑。如果说此前还能勉力跟随他左右,现在搞不好已经成了落后老远的大包袱。

第一次个人展之后,丈夫又得到了更多的办展机会,渐渐有了点名气,让我们也总算有了坚持下去的信心。偶然一次,我环顾左右,发现三谷先生也在同一个画廊举办个人展。不仅如此,我再细看,便注意到他的作品已经不再是过去的作坊工艺品,而变成了盘子、碗、茶匙、黄油刀之类的东西。原来那是围绕他亲手制作的、作为生活道具的木器皿进行的展览。

在我辞去画廊工作之后的五六年间,丈夫开始制作让自己每天都想使用的漆器。而且仔细想想,不仅仅是三谷先生,就连过去经常创作特殊题材的陶器和概念作品的小野哲平和安藤雅信等艺术家也开始创作日常生活能够使用的作品了。搞什么啊,原来我做的"画廊十年规划"还是在这个圈子里井然有序地进行着嘛。嗯嗯,果然经过我深思熟虑的规划是绝对不会有错的。

久违的三谷先生依旧跟以前一样,脸上挂着和善的笑容。在他的个人展上,我与丈夫一道挑选了三个盘子。

是个椭圆形、略有些深度的平底盘。最后是的圆形盘。这三个盘子也成了我们日常生活子,丈夫还带了八个徒弟,合起来可是个量庞大的器皿。其中每一件都是早已渗透东西。不过,待我回过神来,发现每天都早上,平底盘会用来给孩子们盛饭;切好们大人吃饭时,还会用那些盘子来盛装烤的饭团。

方,莫过于午后工作之余的下午茶时间。上面,或是干脆倒一整袋一百日元的糖果,则会整个切开摆上去。对了,在孩子们过果蛋糕放入其中,再插上蜡烛。三谷先生一份力量。

本封面风格类似的书籍。仔细一看,果

然那些封面都是三谷先生的作品，有人的坐像，还有孤零零的小木屋。就像我二十年前偶遇那张明信片一样，能在封面上与三谷先生再次邂逅，真让人高兴。

三谷龙二的木器皿——110 页（圆桌上后方和右侧）

然有序地进行着嘛。嗯嗯，果然经过我深思熟虑的规划是绝对不会有错的。

久违的三谷先生依旧跟以前一样，脸上挂着和善的笑容。在他的个人展上，我与丈夫一道挑选了三个盘子。

首先是一个方形盘。接下来是个椭圆形、略有些深度的平底盘。最后是尺寸较小、深度较浅，像碗一样的圆形盘。这三个盘子也成了我们日常生活中必不可少的器皿。我家有三个孩子，丈夫还带了八个徒弟，合起来可是个名副其实的大家庭，因此也需要数量庞大的器皿。其中每一件都是早已渗透到我们生活中、用起来非常方便的东西。不过，待我回过神来，发现每天都会使用的却是三谷先生的木器皿。早上，平底盘会用来给孩子们盛饭；切好的水果则放在圆形盘子里；而在我们大人吃饭时，还会用那些盘子来盛装烤好的小鱼干，或是摆放一个个小小的饭团。

此外，那些盘子最受重用的地方，莫过于午后工作之余的下午茶时间。我会将别人赠送的点心精心摆放在上面，或是干脆倒一整袋一百日元的糖果，或是切好苹果排放整齐，年轮蛋糕则会整个切开摆上去。对了，在孩子们过生日时，我还会做个必不可少的苹果蛋糕放入其中，再插上蜡烛。三谷先生的木器皿每天都在为我们的生活贡献一份力量。

最近我到书店去，偶然看到了几本封面风格类似的书籍。仔细一看，果然那些封面都是三谷先生的作品，有人的坐像，还有孤零零的小木屋。就像我二十年前偶遇那张明信片一样，能在封面上与三谷先生再次邂逅，真让人高兴。

| 三谷龙二的木器皿——110 页（圆桌上后方和右侧）

初始 | 井畑姐姐的茶碗

你瞧，果然来了。正如我所料。只要是陶器艺术家的个人展，那位客人必定会来参观。"欢迎光临。""啊，你好。"互相问候一番后，那位客人会先把展品都看上一圈。然后，若是现场有茶碗作品，多半都会买下来。遗憾的是，我所策划的展览上极少出现茶碗。于是那位客人会做的下一件事，就是拿出一本小小的相册给我看。一页页翻过的照片上，全都是整齐摆放的各种茶碗。也就是说，那位客人就是行内人人皆知的"茶碗收藏家"大叔。

"你瞧，多田（我出嫁前的旧姓）小姐。这就是那个著名的某某哦。还有啊，上周我总算搞到了这个，就是这个。"因为他每周都要给我展示一遍，偶尔也会让我感到些许厌倦，可是一旦里面多出了新匠人的作品，我还是会好奇地凑过去。

"多田小姐，今天我买到了一样很了不得的东西。据说是一位年轻女匠人的作品。这东西竟然也是茶碗，我听完真是吓了一跳。"

"哇，快让我看看。"明明不怎么期待，还是把客套话说了出来。可是凡事总有例外。只见客人从那个背了多年的包里煞有介事地掏出来一只"茶碗"。只看了一眼,我就彻底被征服了。那只茶碗竟是大大咧咧的筒形,看起来跟水杯差不多。杯口厚重,内侧虽为白色,外侧却是黝黑中点缀着黄色纹样,甚至还有形似手指戳过的痕迹。这东西真让人有种忍俊不禁的感觉。

"这是哪位工匠的作品啊?""井畑胜江。"井畑胜江,居住在常滑……后来,我就满脑子只想着那个人的名字熬过了当天的工作。

这个邂逅发生在二十几年前,当时我才刚开始在新宿的画廊工作。从那以后,我越来越为这个"井畑胜江"所吸引,最后甚至把自己头一次策划的展览定为了"井畑胜江展"。现在回忆起来,当时那种心动不已的感觉和前所未有的热情依旧会苏醒过来。

在白色的釉药表面描绘黑色的点。时而组成鱼形,时而像个旋涡。乍一看仿若粗糙孩子气的手笔,细看却无比精妙。那些纹样绝无重复,也绝不存在纯色的作品,但还是让人想拥有更多。既想用用这个,又想用用那个。

在砖石一般赤茶色的底子上浇一道钴蓝色的釉药,这种大胆的用色让人怦然心动。从大件物品到小东西,尽管颜色丰富,却几乎没有特定的艺术题材。有盘子、钵、水杯等等,想必这位匠人确实很钟爱器皿吧。

在第一次着手策划的"井畑胜江展"上,眼看着那些器皿渐渐被买走,我自己也相中了一个非常想要的茶碗。我当然知道身为主办方不能滥用职权近水楼台先得月,可就在我犹犹豫豫坐立不安的时候,那个茶碗竟被客人挑走了。那位客人就是当时还很年轻的赤木编辑,也就是后来跟我结婚的人。不过当时我可没顾虑旁的事情,直接把自己心中所想毫无保留地说了出来:"哎呀,赤木君,你可以挑点别的呀。"

也不知算是走运还是背运,尽管也称不上多亏了那只茶碗,我最后跟赤木君组成了家庭,它到头来还是成了我的东西。

我在东京工作期间,一共请井畑胜江开了三次个人展。其作品的力量和趣味始终不变,每次都让她获得了更多忠实的粉丝。而对我来说,能够结识比我稍大一些的井畑姐姐,跟她一起聊天玩耍,着实是件很令人兴奋的事。

后来又过了几年,我辞去了曾经热衷的画廊工作,跟丈夫一道移居到了奥能登。丈夫出师以后,家里时常会有几个年轻人来帮忙,还成了他的弟子。大约十年前在我们这里做过兼职的新宫君是个特别有意思的人。看到我家的众多生活道具后,他说了一句:"这个人的东西我可喜欢了。"新宫君所说的正是井畑姐姐的器皿。"对吧,对吧,井畑姐姐的东西可好了。"我也很高兴地对他说。后来,当新宫君决定到京都去时,我把井畑姐姐的茶碗送给了他。"真的要给我吗?这是真的吗?我太高兴了。"他不停地对我说。

几年前,我终于有机会去看看一直憧憬的巴黎。一个日本朋友给我介绍了住在巴黎的一位特别可爱的女性。我跟她取得联系后,约好在市场见面。我在市场旁边发现了一家五金店,正忙着跟店里的大婶商量买下门口挂着的红扫帚。那位女士也走了进来,半是好笑半是无奈地说:"原来赤木一家喜欢的都是这类东西啊。还非要把人家的东西给买下来。"后来,她又说自己住得很近,请我们到家里去坐坐。因为我也很好奇巴黎人的生活,便高兴地答应了。

才跨进屋里一步,我就看到了跟想象相去无几,不,甚至远远超出我想象的美好。雪白的墙壁,间接照明,乍一看似乎简朴,实际上却不乏装饰的室内。还有霸气十足的沙发,我一屁股坐上去,呆呆地凝视着桌上摆放的糖果,不由自主地就产生了"啊,这真是巴黎呀……"的感慨。女主人很快就在厨房泡好茶端了上来。屋里弥漫着煎茶的焦香。由于喝不惯咖啡,来到巴黎之后,我每次走进咖啡厅都只能点热巧克力来喝,那会儿闻到煎茶的香气,真的差点落下泪来。而更让我激动的是,茶盘上摆放的茶碗,竟然是井畑姐姐的作品——白釉上大胆分布着黑点。啊——没想到我在巴黎还能邂逅到井畑姐姐。那种感觉就好像自己受到了称赞,满脸热乎乎的。又喝到了好喝的煎茶,真是从心底里温暖起来。

我曾经有幸在富山悠闲地参观号称日本国宝的陶艺家石黑宗麿的展览。当时我在展览上相中了好几个作品,忍不住目不转睛地凝视了好一会儿。大胆的绘图,让人不禁微笑起来的朴实纹样,看着看着我突然灵光一闪:"原来如此,井畑姐姐就是石黑宗麿啊。"虽然这么说好像也不太对吧。

不过话说回来，自茶碗收藏家大叔而始，我与井畑姐姐的陶器展开的冒险，似乎还将出现新的篇章。

| 井畑胜江的陶器——111 页

真心话 | 小野哲平的陶器

在画廊头一次相见时,他是一位眼角上吊、浑身散发着"我不喜欢轻浮之人"光芒的小哥。虽然我也是个特别任性的大姐,但那家伙给人的感觉是,你敢对他模棱两可地说话,就一定会惨遭无视。不过他如今已经变成了看起来很柔和的"器物匠人",我刚才描述的不过是小野哲平二十几岁愣头青时期的往事罢了。

他一开始制作的都是厚重得几乎难以搬动,或是棱角锐利得几乎要刺伤双手的花器和概念作品。头一次个人展上展出的作品全都是深邃的钴蓝色调。我记得当时请他"制作一些平时能够用到的钵和盘子等器具",因此画廊角落里也摆着几样那些东西。在我慢慢跟他混熟以后,曾经提出过这样朴素的问题:"为什么要用陶土来进行主题创作呢?陶器必定有其用途,这样一来不就很难进行自我意愿的表达了吗?"

"把各种东西拼接起来,随心所欲地制作其实更简单。但我们不是常常会对一些很不起眼的东西产生'真好啊''真想要'的想法吗?实际上那些东西才是最难的。我想做的就是那样的器皿。"原来如此。这个年轻的黑脸陶艺家小哥居然说得出这种大道理。

我虽然总是夸耀自己是依靠自我磨炼成长起来的,但实际上从来没有学习过美术和工艺,只是这里钻一钻,那里受受打击,从许许多多的人和事物中一点点学习,这才总算能够胜任自己的工作。虽然现在作为一名使用者已经积累了很多经验,觉得自己能够在此立场上说出几句像样的话来,但当时的我甚至连一名合格的使用者都称不上,只是个平凡的大姐罢了。而且我还很焦躁。明明很焦躁,却偏偏要掩饰,让自己变得越来越任性。或许我焦躁的源头,就是想站在平等的立场上与各位陶艺家、美术馆工作人员和馆长之类的人们交谈吧。说起来真是不好意思。我在埋头努力的时候,本以为自己越钻越深,却没发现实际上自己已经越来越渺小,越来越平凡了。

就在此时,哲平出现了。为何他如此重要,是因为我在他面前只能说真心话。什么叫真心话呢?真心话就是自己心中真实的想法。只是口头说说的、单纯奉承的话和敷衍了事的感想,或是自以为是的意见在哲平面前是绝对过不了关的。这一点我在与他第一次见面时就明白了。明明我俩的成长环境和道路都截然不同,但不知为何,我就是觉得自己能够理解这位性格有点尖锐的小哥,真是不可思议。不过我倒是不知道他心里是怎么想的。由于对着这个人只要说真心话就行,让我觉得心情甚是愉悦,从那天起到现在,我们已经保持了二十五年的来往。

我家有很多哲平的小钵。夏天吃素面或冷乌冬的时候，我很喜欢用它们来盛装各种配菜和浇头，在餐桌上一字排开。大葱、姜蓉、白萝卜泥、青紫苏、茗荷丝、炸油豆腐、烧茄子、黄瓜片、炒青椒。把种在田里的作物采摘回来，切好装盘，然后一家人大快朵颐。

我家还有许多圆形的小菜碟，这是大家每天吃午饭时不可或缺的餐具。绘有大大十字纹路的菜碟，和像铁绘一样没有花纹的菜碟，两种我都有，但其实更喜欢有花纹的那种。

还有茶碗和荞麦面杯。迁居到奥能登后一直在使用的茶碗是我的最爱，至于装在里面的饮品，当然有红茶也有咖啡。孩子们还小的时候，我把五个那样的茶碗放在托盘上端到二楼，途中不小心绊了一下，让五个茶碗齐刷刷地飞了出去，全都摔得粉碎。唉。就在我伤心得哭个不停时，小小的阿百来到我身边说："没关系，妈妈。没关系的，不要哭哦。"还用小小的手摸了摸我的头。反观我这个大人，却"嗯，嗯"地擦着眼泪。我虽然把那五个摔碎的茶碗收拾起来，让丈夫用漆补好了，但那些裂痕触目惊心的茶碗却再也不能像以前那样让我惬意地使用了。

对了，下次去高知找哲平的时候，问问他能否再做几个那样的茶碗吧。然后我们还能再聊许多真心话呢。

| 小野哲平的陶器——49、54 页

率真直爽 | 壶田先生的猪口杯和片口

"只要是会打好吃荞麦面的人,就能当我徒弟。"丈夫曾开过这样的玩笑。可是第二年,还真有人带着妻子从东京过来拜师了。因为他本来就爱吃荞麦面,如果徒弟能时不时地给他打荞麦面吃,那自然是再令人高兴不过了。后来每次精神头儿一上来,丈夫就会一个劲儿地怂恿人家开荞麦面店。

至于猪口杯,我很久以前用过早期的伊万里白杯,后来又用过染色杯,还有爱吃荞麦面的建筑师设计的杯子、与我相熟的匠人制作的杯子、年轻陶艺家制作的薄杯,总之花样繁多。

最近我很喜欢壶田亚矢的率真作品。为了举办"荞麦面大会"还置办了很多放在家里。我有时会用那些杯子来当茶杯,或是拿来喝日本酒,大家一起喝咖啡的时候也能派上用场。那些杯子外表胖乎乎的,让人有种似曾相识的感觉。我家还有好几种片口。有的点缀着山纹,有的光滑无瑕,还有薄口的。大的片口用来倒酒,小的则装柚子醋。当然,还有用来装荞麦面的面汤的。率真直爽的人做出来的东西，就是让人惬意不已。

在器皿店工作的女孩子，突然想亲手制作饭碗。

在眼镜店工作的男孩子，不知为何对连眼镜都能涂的"漆"产生了兴趣。

本应为成为建筑家而努力学习的男孩子，转而投入了漆的世界，因为在这里，自己可以亲手创造。

然后，本来在荞麦面店当学徒的男孩子，发现自己其实更想钻研漆艺，便重新做出了选择。

一直醉心漆艺的女孩子也拜入了师门，更让人高兴的是，她马上就要当妈妈了。

这些都是我们家那些徒弟们的故事。有时我也会疑惑，这样真的好吗？真是个不靠谱的师母。不过，我时时刻刻都在想着大家，也时时刻刻都在关心着大家。虽然他们眼前的并非都是笔直通畅的大道，但他们身后的道路却在蜿蜒曲折的同时，扎实而稳健地延续着。我觉得，当他们在我家学艺时，我们的道路是重叠在一起的。最重要的是，如果我们在途中找到了新的道路，或是自掘深坑、停滞不前只顾歌唱，也请不要轻易抛弃彼此。哎呀呀，才刚走神了一小会儿，后面就有两个新来的男孩子笑眯眯地走了过来。这样真的好吗？

壶田亚矢的猪口杯和片口——52～53、104、110 页

像模像样 | 印度的奶壶

丈夫难得去了一趟印度，给我带来了礼物。

那是两个用大原木雕琢而成的奶壶。

一大一小的奶壶。就算只有这么一个，也能像模像样。

两个放在一起不是更可爱了吗？

该放在哪儿呢，用来装什么呢？

该放在哪儿呢，到底该用来装什么呢？

就在我挠头的时候，

丈夫"嘿"地一声把米倒了进去。

大的装白米。

小的装玄米。

因为里面刚装过牛奶，还特意铺上了塑料袋。

可能因为套着塑料袋，

朋友留宿的第二天早晨，我那两个漂亮的壶里，偶尔会出现用过的纸巾和垃圾。

尽管如此，我还是会忍不住，

总想让别人看到我从这些漂亮的木壶里舀米出来。

我的印度奶壶，就是如此完美。

| 印度的奶壶——106～107 页

忍不住 | 关于手

我觉得，无论是谁都有些能让自己惬意起来的奇怪的小癖好，以及因为实在太喜欢而忍不住看得入了迷的东西。我说的可不是变态。我很喜欢的法国电影《天使爱美丽》中也有这样的画面——登场人物每次出现，都会跟着介绍那个人的小癖好。对了，主人公艾米莉就很喜欢站在食杂店门口，把手插进装满豆子的大口袋里玩。看到那个画面，我总会忍不住在心里赞同道："我明白，我明白！"人有时候就是会喜欢上连自己都意想不到的东西，觉得某种感觉很惬意。所以说啊，人类的感觉就是很复杂。

我莫名地喜欢用菜刀剥芜菁皮的感觉。那是一种在白萝卜、土豆和苹果上都无法体会的感觉。我平时常常会忘记那种感觉，可是一旦开始剥芜菁皮，就会整个人都惬意起来。我也不知道那种小事为何能让自己感到如此心情舒畅。结果一不小心就剥了好多好多芜菁，该拿来做什么呢？对了，上回在厨师朋友家吃到的"简单盐烧猪肉和芜菁汤"，那天回家后我自己也试着做了。

后来又做了好多次，每次都觉得真好吃，如果是大家一块儿吃饭，我还会把胡萝卜切成大块，一并放进汤里。真是太好吃了。无论做给谁吃，都能得到"太好吃了"的评价。于是我彻底沉溺其中，一个劲儿地剥起了芜菁皮。

我也很喜欢包在豆荚中的绿色豆子。菜豆、豌豆、甜豆、毛豆、豇豆，还有最棒的，豆王之王——蚕豆。把蚕豆从豆荚里剥出来是我最最喜欢的事情。虽然绿油油的豆荚已经十分可爱，但里面还满当当地睡着白生生软绵绵鼓胀胀、看起来特别美味的豆子。我总是会用我那晕乎乎的脑子思索：究竟是谁想出了这么完美的设计呢？拿着那些开了一条小缝的豆荚，我也怎么都舍不得扔掉。最严重的时候，甚至会翻出相机拍上几张。里面的豆子只需要水煮之后撒上一点盐，一摆上桌就会被所有人一抢而空。煮好的豆子再花点工夫做成汤也很好喝，同样是瞬间就被一抢而空。不过虽然我也很喜欢吃，搞不好更喜欢的其实是呆呆地看着那些蚕豆。

把马铃薯煮熟、碾碎，炒好肉糜和洋葱，跟土豆泥拌在一起。拍上面粉，蘸上鸡蛋，再滚一层面包屑。光是想想就手痒起来了，做可乐饼的过程实在太开心了。我时常想，会不会是因为这跟小时候搓泥丸子很像呢？现在已经不能像小时候那样尽情地在泥巴里玩耍了，所以长大真是一件麻烦事。惬意这种本能，是不是会在长大的过程中被一层层的枷锁围困起来呢？尽管如此，制作可乐饼还是会唤醒我那种惬意的感觉，而且自己亲手制作的、新鲜出锅的可乐饼特别好吃。有时我还会把肉糜换成毛豆。毛豆可乐饼体型较小，圆滚滚的，看起来实在太好吃了，甚至让人有点舍不得下口。不过大家最终都会抵挡不住诱惑，大口大口吃起来。

有个特别擅长做韩国料理的人告诉我，无论是制作腌菜、泡菜，还是揉搓使肉入味，美味的诀窍都在于"手"。据说她年轻时就曾经被婆婆说过："你的手还不够美味。"不知我的手怎么样，有没有变得美味一点呢？我忍不住伸出舌头舔了一下。

心的缺口 | 便当盒

现在，我的大女儿阿百已经考上大学离开家了。再加上儿子阿茅，明明是个高中生却非要住校，如今家里只剩下还在上小学的阿音小祖宗。这样其实挺寂寞的。经常有人说"像心里开了个缺口"，这句话真的一点没错。因为我心里头就裂开了两个缺口。可能有人会说，你本来就是个有点笨拙的母亲，缺心眼已经不是第一天了吧？但并不是这样，我心里出现的，是阿百的缺口和阿茅的缺口。

比如说。啊，今天要给阿百做什么便当呢？啊，阿百的制服上衣我给她洗好了吗？咦，怎么阿百还赖在床上啊，要赶紧把她叫起来。啊，今天该给阿茅买《少年JUMP》了。对了，好像牛奶也没了。阿茅好像说今晚想吃泡菜锅吧？阿茅的T恤有好大一股汗臭味啊。……我本来每天每天都忙着想这些事情，可是有一天却突然不用想了。本来塞得满满的心就像被掏空了一样。这就是阿百的缺口和阿茅的缺口。

不过总有一天，我会不再感觉到那些缺口。因为留在家里的阿音和丈夫，还有丈夫的八个徒弟，以及他们身边的人会渐渐占据我的脑海。就算有人说我多管闲事，可我还是会替他们担心，替他们着想，因为他们而开怀大笑的同时，渐渐地不再受到内心缺口的折磨。当然，那绝不意味着缺口会消失。

我家厨房水槽下面倒数第二个抽屉专门用来放便当盒和包便当用的包袱皮。拉开抽屉，首先就看见里面有两个黑色双层的漆便当盒，然后是我上幼儿园时用的粉红色和红色的铝制便当盒，还有一个专门用来放饭团的。其实另外还有两个：一个是椭圆形，一个是圆形，都是漆便当盒。那两个便当盒分别被阿百跟阿茅带走了。剩下的便当盒们则在抽屉里静静地躺着。偶尔有人打开抽屉时，它们就高兴地喀啦喀啦响几声。平时只能待在寂寥的抽屉里等待自己登场的机会。以前我可是每天都要用到它们的啊。

女儿还在上高中的时候，每天为她做便当是我的一大乐趣。我会把做好的饭菜整整齐齐地码放在丈夫做的漆便当盒里。我一直都在给那个便当盒拍照。将快乐的记忆留存在图像中，那俨然成了我的工作。那种便当照片我拍了好几百张呢。

鲑鱼便当、炸鸡块便当、可乐饼便当、姜烧猪肉便当、鸡肉松便当、蛋包饭、三明治和炸猪排便当、烤鱼便当、肉饼便当……几乎每天都有煎蛋卷、樱桃番茄或浅渍黄瓜。另外还有一样，用青椒、胡萝卜、牛蒡、菜豆又或者是小松菜做的炒菜。凉拌青菜，煮豆子、羊栖菜或牛蒡金平，红薯或胡萝卜的天妇罗，土豆或黄瓜沙拉，这些小菜则用来填满空隙，然后放入水果。偶尔打开电脑，看看自己拍的便当照片，会产生这样的感觉：虽然每张照片看起来都很好吃，但也不得不承认花样有点重复。是不是该换成像木工师傅用的那种可以盛装热热的味噌汤等各种汤水的便当盒呢？不过那种便当盒有点大呢。

话说回来，女儿每天带着便当盒出门之前都会小声说："妈妈，阿百的便当盒一直都是班上最大的，有点丢人呢。"是吗，现在的小女生一定都喜欢小巧又精致，上面有图案的便当盒吧。于是，丈夫就开始为女儿做一个稍小一号，方便竖着放进书包里的双层便当盒。不过还是黑漆色的，所以我就用颜色可爱的包袱皮给她包了起来。儿子上高中后，我本来还想着要给他做更有分量更营养、像个男子汉吃的便当。结果他却说要住校，我的美梦就这样破灭了。

至今为止，我的日子都在忙乱中度过。作为一个母亲，明明连自己都照顾不好，却时常会没来由地担心孩子们，让自己胸口一紧。那两个离开家的孩子怎么样了呢？长女已经独自在国外生活了一年，儿子连修学旅行的事都没告诉我,还一脸淡定。好像只有我一个人拿"母亲"这个角色当回事儿了。我跟抽屉里的便当盒一样,已经被他们抛在身后了。

| 便当盒——59页

米饭之力 | 杉本家的土锅

不知从何时起,人们开始了固定一日三餐的生活。我自己也一直遵循着一日三餐的规律,但偶尔还是会感到烦躁不安。

每年有这么一次,来到我家门前的不再是平时的宅急送,而是一辆大卡车。那是来送三百公斤玄米的。

我家的大米全都由熊本的林田家提供。我们是在制作民艺陶瓷的火窑"小代烧"结识的。是丈夫给我介绍了那个火窑。据说为了制作传统陶瓷"小代烧",必须备有天然釉和藁灰。藁灰要由无农药栽培的稻秆制作而成,因为农药栽培的稻秆制成的藁灰对陶瓷的色泽会有影响。另外,纯净的山泉水也非常重要。而小代烧使用的,正是林田先生的稻田里采收的稻秆,所以我们也请他分给我们一点自家种的大米。仔细想想其实是理所当然的。因为过去根本就不会使用农药嘛,想必那时候也有许多纯净甘甜的水吧。过去理所当然的东西,现在却成了"无农药米"这种高级商品,被宣传得有多么特殊似的。不过那件事也让我吃了一惊，没想到农药这种东西竟然还会对陶瓷的釉药造成影响。一开始我们只是让林田先生分来少量大米，后来发现用土锅烧的玄米饭特别好吃，于是几年前起，我们就决定请林田先生给我们提供家里每天食用的大米了。每年三百公斤。

我想吃的，不仅仅是能让头脑作出"好吃"判断的食物，更是能让身体也切切实实地感受到的美味。如果吃到既新鲜又安全，还令人全身心感到美味的食物，当然是最好的，但这却非常困难。我经常跟孩子们一块儿啃着零食，痴迷地看视频。天冷了就买一百日元三个的肉包子抱着啃，也一样会觉得很好吃。

尽管如此，我还是觉得每天吃到的白米饭，真的很好吃。用土锅来做更增添了它的美味。口感好，有嚼劲，即使烧软一点也不错。此外，锅巴也特别好吃。做上一大锅一定不会让人后悔。

我家一年到头都会有许多客人来访，吃了饭再回去。丈夫也已经收了八个徒弟，每天中午烧上整整一升白米已经成了理所当然的事情。除此之外，还有客户、来采访的记者、想从事漆艺事业而上门来咨询的年轻人，各种各样的人都会到我家来吃饭。所以做饭已经成了我每天的重要工作。当然，那称不上每天都在家里开派对，只是普普通通的饭菜。不过，或许是因为极少有机会在别人家跟大家一起吃家常的饭菜，又或许是极少有机会跟许多人一块儿吃饭，总之每个人都吃得很开心。甚至还有人说，只要在我家吃过饭，整个人就会充满活力。

辛辛苦苦做出十人份的饭菜，大家一转眼就吃完了，马上又要开始收拾。日复一日地重复这一过程。我有时也会想，这样一天天的实在是太烦了。我身边凡是有家室的朋友，几乎没有一个人觉得做饭好玩儿。每次跟那些女性朋友聊天，我都会觉得自己每天都在做别人不愿做的事情，总是被人说"你真能忍啊"，甚至还有人说"换作是我绝对做不来"。被她们这么一说，我还觉得自己挺可怜的。

因为不想觉得自己可怜，就试着让头脑冷静下来再想想，然后我明白了：其实自己并不太讨厌每天做很多饭菜。继续反身自问，就发现"动脑子，花时间，让大家吃到可口的饭菜"这种事情对我来说还是很快乐的。

而且，我终于意识到，做好吃的饭菜，大家一起坐下来吃一顿，会不知不觉间让人获得活力和幸福感。这么简单的事情，若学校的老师和营养学的专家不提出来，我们甚至没人知道。而现在这一理所当然的事好像已经被冠上了"食育"的名头，大家必须要下功夫学习才行。

整整三百公斤的大米也禁不住我这么努力的炊制和大家的胃口，总是到秋天就不够用了。林田先生的新米怎么还没收获啊。

明知道自己是被怂恿的,但还是会日复一日地用电饭锅和土锅不停做饭。果然,一天不吃上三顿白米饭,肚子还是会饿的。

| 杉本寿树的土锅——108 页

饭团与我 | 赤木明登的食盒

轰隆隆隆隆隆——我还以为有什么东西冲过来了。是超大型推土机吗，还是坦克呢？莫非是怪兽……

星期日的早晨，一直工作到凌晨的丈夫和我都还在睡觉。突然传来一阵强烈的震动，紧接着房子开始剧烈摇晃。直到此时我才总算反应过来："这是地震啊。"不过就算知道是地震，我也毫无办法。只能紧紧抱着棉被和丈夫，一个劲儿地担心睡在儿童房里的孩子们。

2007年3月25日，"能登半岛地震"就这样毫无征兆、毫无预告地突然来临了。

地震摧毁了很多东西。全城的土藏[1]都被夷为平地，优秀匠人们的作坊

---

1 日本的一种传统建筑，多用作仓库，具有耐火、防弹等性能。——译者注

也没有幸免,许多人还失去了自己的家园。这些几乎全都是人类建造的东西。在仿佛被巨人踩扁,变成一片废墟的建筑物旁,樱树还若无其事地静静站立着。而近百年间都岿然不动、无比坚实的土藏却在拼着最后一丝力气,摇摇欲坠地苟延残喘。

或许直到土藏倒塌,人们才开始意识到,不管是土藏还是小心翼翼保管在里面的东西,对他们来说其实都已经不再重要。地震结束后的几周里,许多土藏都被铲车连同里面的东西一块儿捣碎铲走扔掉了。

当然,也有许多人站出来试图恢复城镇原貌,复原土藏倒塌的土壁。但那需要令人难以想象的能力、毅力、时间和金钱。丈夫早在地震发生前就对古老的土藏很有兴趣。土藏这种地方对漆艺师来说是最佳的工作场所。轮岛漆艺师的家自古以来都是细长的布局:最前面是住家,后面连着工作间,最里面是土藏,他们会在里面完成最后一道上涂工序。土壁的仓库能够保持湿度,而且不易扬尘,是最适合做上涂的地方。

地震过后的某一天,我家接到了做拆迁工作的一个朋友的电话。他说:"我准备拆掉一座年代古老的土藏,赤木先生,你要不要过来看看?"当天去看过土藏的丈夫回来以后就召集所有徒弟,突然说了这么一句:

"呃——明天我们要进行土藏的拆迁作业,用人工拆掉土壁……"大家都愣了。虽然没有做出"哦——"的回应,但好像还是明白了丈夫的心情。

丈夫其实是想把那座明治时期建成的土藏想办法转移到别的地方去。

在开工之前，他们都以为三天左右就能完成了。不过这些徒弟平时都坐着工作，就算再怎么年轻，头两天突然干起体力活儿还是累得连话都说不出来。一旦开始拆除土壁，就会弄一头一身的灰。还要把土壁的土装进口袋里搬出去。细数下来竟装了整整一千袋，他们一开始还以为顶多只有三百袋呢，没想到竟然大错特错。用铲车只需一天就能完成的事情，偏偏要用手去一点一点拆除，就变得难上加难。最后他们花了十多天才全部完成。所有人都全身疼痛，好像随时就要散架似的。丈夫也参与了拆除工作，结果全身肌肉酸痛，僵硬得跟大猩猩似的。

我们这些女士的工作自然是给大家提供口粮。我们准备了很多饮料，还买了很多香蕉糕点做点心。中午则跟大家一块儿在现场吃便当。堆成小山的饭团；方便食用，最能补充能量的小菜，比如炸鸡块、炸猪排、姜烧猪肉；还有凉拌蔬菜和水果。这些全都要做十人份。一开始我还会做肉汤用车送过去，可是那些体力劳动者们全都是一副两手发抖连碗都端不稳的惨状。我担心那些男孩子们被饿得干瘪瘪的，就决定使劲给他们捏饭团，配大块肉补充能量。每天如此。傍晚工作结束后，一个个排着队洗澡，然后抱着罐装啤酒回家去。大家的表情渐渐产生了变化，看起来好像很畅快。甩开膀子干上一天活儿，结束后大口大口喝啤酒，回家倒下就睡。这样的日子应该很痛快吧。"智子师娘，我越来越觉得好玩了。"有人这样说。"是吗，那你干脆别学漆艺，改行拆迁吧。""啊，那可不行啊。"当我们有心情开这种玩笑时，土藏的拆迁已经顺利结束了。

那些小山一样的饭团、小菜和水果都是装在切溜食盒里，层层叠叠，再用包袱皮一裹，运到现场。完全没办法考虑摆盘的精美，只是最单纯最普通的便当而已。回家时就把六个空盒子一个个套在一起，塞得严严实实。因为真是太方便了，我每天都要靠它们来运送粮草。

没错。十人份的便当而已，易如反掌。十人份的饭团罢了，不费吹灰之力。十个人瞬间一扫而空，完全没问题。那些食盒就好像最最坚韧的母亲一样。

地震已经过去了三年。那六个食盒后来也在各种场合为我提供了帮助。每次使用它们，我都会想起那场地震，那个土藏，还有支持我们的人，以及那些再也没办法找回来的事物。

赤木明登的食盒——51页

莴苣菜田

大学时代，我和朋友痛饮了一顿廉价威士忌，醉成一团烂泥的时候，不知为何得出了"我们去印度吧！"的结论。不仅如此，平时总是忍不住大嘴巴的我还特别认真地说："我们不能告诉任何人，必须马上展开行动。"甚至站起来跟朋友发了誓。发完誓以后我就想："不能接受任何人的帮助，要自己存钱。"到了下一回痛饮廉价威士忌，又醉成一团烂泥的时候我又想："是不是应该干点让自己灰头土脸的活儿来攒下去印度的钱呢？"所谓年轻气盛应该就是那样吧。一定没错。不过那段时间的我是个特别认真、特别死板的人。结果我就一鼓作气，趁着暑假三个礼拜的时间，跑到长野一个大农场里住下，帮人家收割莴苣去了。

我从小在东京的住宅区长大，长野的莴苣菜田比我想象中还要像"长野的莴苣菜田"。那真是一望无际的莴苣菜田啊。除了田地，就只有大山。菜田之间的道路上，只有拖拉机和出货的卡车偶尔会轰隆隆地驶过。头一次被带到那座小高地上的莴苣菜田时，即使是我这个上周末还在六本木的卡拉

OK里狂欢的堕落大学生也忍不住"哦——"了一声，深吸一口气，让肺里充满长野莴苣菜田的空气，紧接着把耳朵上吊着的小花耳环摘了下来。加油啊！（也不清楚自己到底有没有打起精神来。）

每天早上五点起床，五点半吃早饭，六点就要到田里开始干活儿。像我这种新来的临时工一开始只能给莴苣擦擦屁股。接过别人用菜刀漂亮地切下来的莴苣，调个头让它屁股朝上，放置在田埂边上。我们这个擦屁股小队就跟在菜刀小队后面，弯着腰往前挪动。如果把刚切下来的屁股置之不顾，它们很快就会氧化变成褐色。于是我们要拿着泡了盐水的布，一路弓着腰给莴苣擦屁股。感觉好像擦了一个世纪，前面却还是撅着屁股排队等我们服务的莴苣。擦好屁股的莴苣会根据大小分开装箱。我们都会比赛看谁今天能擦出最多的莴苣。

教我怎么给莴苣擦屁股的前辈告诉我说："第三天你就会直不起腰来了。"我回了一句："哦。"回头一看，其他的临时工和大叔大婶们都笑了起来。原来是这样啊，嗯……我这反应也是够平淡的。总而言之，早上五点起床这点就已经让我够呛了。六点坐车到地里去，直到九点的点心时间都要给莴苣擦屁股。稍事休息之后，又要一直擦到十二点。然后停下来吃便当，不到一点钟又要去擦屁股。我记得当时要在下午两点半之前给农协出货，农场的大叔每天都想尽量多出一些新鲜的莴苣。所以我们不是忙着把装满莴苣的纸箱子搬到卡车上，就是把纸箱盖子盖好，用特大号的订书钉封上口，所有人都忙得脚不沾地。然后是三点的点心时间。随后直到晚上七点都有别的工作，完成之后才能回去。这一整天的体力劳动让我竭尽全力，已经完全顾不上自己的身体了。

除了我以外，还有四个年轻人也在那里打工。他们也都是从东京来的。我跟另外一个穿着束脚大袴裤的女大学生住在一起。让我惊讶的是，明明有五个临时工，不知为何晚饭后洗碗的工作却都让女孩子来干。不仅如此，连泡澡的顺序都是男孩子优先。头一个是农场的大叔，最后是大婶。因为农场还有孩子，我只能排到倒数第二位，每次澡盆里的热水都所剩无几，而且已经浑浊不堪了。啊，原来这里是有点男尊女卑的环境啊，我很快领悟到了这个氛围。毕竟这里的大婶实在是太厉害了。听说她比所有人都要起得早，又比所有人都睡得晚。我们起床的时候，她已经做好了大家的便当，还准备好了装满茶水的保温瓶，当然，早饭也已经摆上桌了。而且，她还毫无怨言地最后一个去泡已经浑浊不堪的洗澡水。不仅如此，她还对我们特别好。对大婶来说，这里就是她理所当然的、充实的世界。看着大婶，不知为何连我也开始有点满足的心情了。泡澡的顺序根本不算什么。没错没错。明明什么都没做，却感觉自己已经嫁到农家了。

就这样到了预言中的第三天早晨。哎呀，哎呀。我真的一点都直不起腰来了。只要弓着腰就没什么感觉，唯独不能进行普通的、让人类颇为骄傲的直立行走了。大家看到我一如预言的姿态，似乎一大早就挺开心的，还笑着问我:"你没事吧?"尽管如此,我也不能躺着不动。就算干了三天,也不能觉得自己多么了不起。所以那天我一直都像老婆婆一样,弓着腰勉强做完了一天的工作。

那天晚上,跟我一样是临时工、比我还小一点的男孩子过来对我说:"我在练习空手道,稍微懂一点正骨,可以帮你把腰治好……"

唉,你怎么不早说啊!只要能帮我摆脱这个状态,就别对我客气啊。我心里高喊着,实际却老老实实地低下头说:"那,那就麻烦你了。"我战战兢兢地跟他走到男生房,趴在地板上,屋子里顿时回荡起咔嚓咔嚓的声音。我虽然尖叫了一声,但事情发生得太突然,根本不知道他做了什么。我抹着眼泪试着站了起来。哎呀,腰竟然伸直了,而且也不痛。我顿时感觉施在自己身上的魔法被破除了,高兴得恨不得抱上去,最后还是忍住了,诚恳地向他道谢:"真,真是谢谢你了。"回到自己的房间后,我很快就重振了精神。

擦屁股的工作做熟练后,就可以升级到腰上挂着菜刀的菜刀小队了。这种活儿也不好干。还是一样要弓着腰往前挪,然后巧妙地翻开外侧的叶子,用菜刀飞快地切开根部。一开始我还担心会切坏宝贵的莴苣,切起来缩手缩脚的,但慢慢我开始明白,节奏才是最要紧的。唰唰,咔嚓,嚯。把切下来的莴苣屁股翻过来,"嚯"地往旁边一放。唰唰,咔嚓,嚯。一整天,集中精神,半点都不能松懈。唰唰,咔嚓,嚯。一段时间后,我也觉得自己掌握了诀窍,找准节奏在这片广阔的莴苣菜田上前行。一想到这里,我就会特别开心。最后我们大家还站成一排唱着歌,气势十足地干起了活儿。要是太过得意忘形,音量稍微大了一点,大叔就会怒吼一声:"喂!怎么只有嘴在动!"

后来我渐渐习惯了这种劳动生活的节奏。起初那两天,我连大婶做给我的几乎全部被米饭塞满的便当都吃不完,而且点心时间还能分到很多很多红豆面包和果酱面包,感觉自己一天得吃上五顿饭。呃——我怎么吃得了那么多呢。想是这么想,可是从第三天起,我竟能把那些都吃得干干净净。而且还特别期待回家后大家一块儿吃的晚饭。一转眼就胖了五公斤。还被太阳晒得黝黑发亮,渐渐变成了一个看起来油水充足外焦里嫩的女大学生。

三点的点心时间,矗立在菜田正中间的大喇叭会突然放起音乐来:"现在是——农民体操时间。请各位暂时放下手上的工作,一起来活动身体吧。一二三四……"刚开始,我听到那段民谣一样的音乐还会忍不住笑出声来,但到了后来,我就会嚼着红豆包,跟着音乐转动脖子了。

休息时间,大婶会特别一本正经地问:"东京是不是有蟑螂啊,这边都看不到那种东西,会很吓人吗?"长野县没有蟑螂啊。原来如此,毕竟这里是冷得连蟑螂都活不下去的农村啊。当时我感慨莫名,万万没想到八年后,自己也搬到了连蟑螂都见不到的奥能登大农村来。人生真是变化无常。

二十岁前最后的暑假,那三个礼拜的时间里,我究竟收割了多少莴苣呢?对了,后半段时间我还收割过沉甸甸的大白菜。真的是太努力了。那时候,菜地里连临时厕所都没有,只能拼命跑到山上解决问题。当然,既没有时间跟朋友煲电话粥，也没有时间参加聚会。不购物，没有约会。连休息都没有，每天都要下地。有时候真想永远留在这里，但很快又会改变主意，迫不及待地想把自己在这里的经历诉说给别人听。

　　回东京的日子，大叔把规定的最低薪水和回家的电车费给了我。我高兴的同时也感到十分寂寞。坐在回家的电车上，十九岁的我仿佛是一具空壳，却又被什么东西塞得满满的。现在虽然我连那个大叔的姓名都忘记了，但那段往事还是会时不时在脑中回放。"现在是——农民体操时间……"

49

衣
きる

犬之修行 | 而今禾的半身裙

最近这一年时间,我似乎总会感到有点疲惫。生活比平时更加匆忙,经常感到心烦意乱,而且好像还一整天都在大声说话。我知道原因何在。那就是现在正在我脚边蹭来蹭去的小狗"阿种",一条一岁的雌性标准贵宾犬。

跟我们一起生活了将近十五年的金毛巡回犬"阿玉"是条沉默的狗。就算是怕狗的朋友或从未跟狗一起生活过的客人在家里留宿时,尽管一开始多少会有点紧张,回家后一定都会说:"能跟阿玉交朋友真是太高兴了。"无论是我们一家人,还是作坊的徒弟们,大家好像都在不知不觉间被阿玉治愈了。阿玉直到生命的最后一刻都是自由的。没有项圈,没有狗绳,一直都是一条自由的狗。并且还受到了大家的喜爱。因为阿玉的生活实在太悠闲、太自由了,我甚至产生了一种错觉,认为直到我变成老奶奶了,阿玉也还会陪在我身边。

丈夫似乎真的认为"要是阿玉死了,阿智(我的昵称)可能会疯掉"。

不仅如此，除了丈夫，连孩子们都有可能在担心"妈妈真的能受得了吗"。

其实有这么一段时间，连我自己也挺担心的。在厨房做饭时，我总会感觉已经过世的阿玉那毛茸茸的褐色身体挨在我身体左侧，还会忍不住跟它说话。平时脑子里根本没在想阿玉，甚至没在想关于狗的事情，却会突然流下泪来。总觉得家里和心里都空荡荡的，总在寻找某样十分重要的东西，总是坐立不安。毕竟跟它一起生活了十五年，我甚至开始想，是不是这种空虚寂寞的感觉也要持续个十五年才够呢。

丈夫之所以决定马上再养一条叫"阿种"的狗，其实不仅是为了我，还有可能是为了他自己吧。因为大家心里都很寂寞。于是，阿种就在阿玉离开后成了我们家的一员。所有人都知道，每条狗的性格是不一样的，可是阿种和阿玉的差异实在太大，让我们一时难以适应。从早上起床那一刻起，直到晚上七点半左右能量耗尽，阿种一直都在上蹿下跳，一直都追在我身后跑。无论我是去隔壁房间，上二楼，到作坊去，甚至是上厕所，它都会啪嗒啪嗒地跟过来，总之就是不愿意单独待着。要是没有人理它，它就会把各种东西叼到你面前开始哼，一直求你跟它玩儿。到目前为止，还没有哪位客人的鞋子能逃过它那张嘴。后来实在是没办法了，只好跟头一次来造访的人说："这家里有个规矩，就是'自己的鞋子自己保护好'，请您先把鞋拿到玄关旁边那段楼梯上。"这下我赤木家就成了规矩特别麻烦的地方了。明明是条爱撒娇又胆小的狗，也不知是不是因为防范本能太强，只要有从外面开进来的送货车辆，它都要大声吠上一顿。不仅如此，还爱吃醋。要是让它见到我抱着人类小婴儿逗他玩儿，那可不得了。它会一直缠着我不放，仿佛在说为什么为什么为什么不跟我玩儿。阿种还有极强的运动能力，家里几乎每一扇门它都会开。吃狗粮的时候也不老实，一定要在嘴里含着几颗，然后这里走走那里逛逛，弄得整个家到处都是它的狗粮。我一整天都要跟在它屁股后面收拾。等我坐下来工作的时候，好不容易安静下来的阿种也会在我脚边睡觉。可是它连睡觉都要一直黏着我，故意把头搭在我的脚背上。阿种是一条奶油色的大型贵宾犬，只要丈夫给它修修毛，它看起来就会像一只小羊羔。从外地来的客人在这里待的时间不长，因而（在没有露马脚的情况下）阿种会特别受他们欢迎。"好可爱！哎呀！阿种——"那种待遇简直跟偶像明星没两样。

其实我们都隐隐约约察觉到了，跟这个总是惹麻烦、永远安静不下来的阿种一起生活，把它训练得乖巧听话，对我们来说也是一项修行。如今已经过去了整整一年，丈夫似乎还深陷在与阿种艰苦奋战的生活中。看来这比漆艺的修行还要艰难啊。

几年前，我在"而今禾"画廊淘到了那里原创的半身裙和连衣裙。那条半身裙正好用来给我当工作服,因为它不仅样式可爱,两侧还有大大的口袋。最重要的是,半身裙的面料还是结实的棉布,与丹宁布不同,乍一看有点硬挺,可是经过无数次水洗后,就会转化为柔软的手感。因为我们家从事的是漆艺工作,有时只是待在作坊里都会沾到漆料。麻烦的是,漆料一旦沾到布上就怎么都洗不掉了,凝固之后还会变得硬邦邦的。而这条裙子正好颜色偏黑,沾上漆料反倒会像镀了一层箔,并且面料结实,也适合工作穿着。或许有人会说,既然如此,那干脆穿牛仔裤或者工装裤不就好了吗?没办法,本阿姨就是想穿裙子啊。还有最最重要的一点,就算阿种缠着我不放,咬着我的裙角一个劲儿地要把我拉走也不要紧。当然我也穿过别的裙子,可是偏偏在那天送客人到玄关门外时,被阿种咬住裙角一拉一拽,腰上的松紧带毫无悬念地被拉长,把我的内裤都露了出来。若是而今禾的裙子,则不会有这种担忧。

好啦好啦。把我的小裙子穿上,给自己打打气。今天也要跟阿种一起快乐而艰辛地度过一整天哦!请各位多多支持!

| 而今禾的半身裙——113 页

巴士车票 | 尤根·列鲁的羊毛毡包

我小时候住在杉并区的住宅小区里，大家都会乘坐巴士从那里前往井之头线的车站。记得那座巴士站的名称应该是"公务员住宅前"。

也就是说，住在那一大片住宅区里的大约一百个爸爸全都是公务员，几乎每个人都会一早起来乘坐巴士去上班。

那里距离井之头线的车站并不算太远，只要加把劲儿还是能走路过去的。不过人们几乎都不愿意加把劲儿，而是选择乘坐巴士到车站，再去涩谷之类的地方购物。为什么我会如此介意巴士的事呢？那是因为我从小到大都容易晕车晕船。每次光是坐四五站巴士我都要摆出一副前去一决生死的架势。最严重的一次我在到达头一个站点时就不行了，必须顶着一张苍白的脸咬紧牙关，才能勉力撑到最后，再倒在终点上。虽然说起来挺丢人的，但对我来说，那实在是没办法的事情。还好我有唯一的安慰，那就是实行"投币上车"制度前巴士上的票务员。

那时候跟现在不一样，巴士上除了司机，还会有一个票务员，一般都是年轻的小姐姐。每个人上车后都要到票务员那里去买票。票务员身上都有一个大大的黑色蛤蟆口挎包，放在肚子上"咔嚓"一声打开来，里面塞满了五颜六色的车票和现金。小时候的我一上车就爱盯着那个大挎包看，特别喜欢里面那些五颜六色的漂亮车票，塞得满满的钞票和零钱也都魅力十足。我还会用小小的脑袋思考：要怎么才能得到那样的挎包呢？

趁着快过生日跟父母撒娇是不管用的。还有大人对我说，只要去当那辆巴士的票务员就好了呀。不过对我来说，需要乘坐巴士的工作是最不适合自己的。所以每次上车一不小心就开始盯着那个挎包和票务员姐姐的动作，痴痴地看着，不久就突然感到"好恶心"。就这样，在巴士移动时，我只能一边看着远方的景色，一边时不时地偷瞧一眼视野一角里的票务员姐姐和黑色大挎包。

没过多久，现在人们已经习惯的"投币上车"制度就开始实施了。人们不再需要购买车票，取而代之的是上车前先把钱投进钱箱里。而我自己也长成了一个小姐姐，渐渐习惯了乘坐巴士。后来，我就几乎不再想起票务员的挎包和那些颜色漂亮的车票了。最近每次到东京去，还会对"Suica"和"PASMO"这些极其方便的交通卡着迷不已，总觉得自己像个叛徒似的。

再后来，我长成了一个名副其实的阿姨，却突然发现自己并没有跟年龄相符的奢侈品包，反倒总是把一个大大的羊毛毡包斜挎在肩上四处闲逛。我一共有两个尤根·列鲁（Jurgen Lehl）的羊毛毡包。一个是长得很像幼儿园用的那种挎包的格纹挎包，一个是边缘装饰了大片荷叶边、造型夸张的包。除了盛夏之外，我基本上每次出门都会背上其中一个。像我这种粗心大意出了名的人，只要把所有东西全都一股脑儿塞进包里挂在胸前，便会安心不少，觉得自己忘东西和丢东西的次数都变少了。莫非这就是心理作用吗？但可以确定的是，只要挎着我的羊毛毡包，就总是会想起小时候看到的巴士票务员的大黑包和成捆成捆的漂亮车票。

| 尤根·列鲁的羊毛毡包——95 页

好穿的衬裤 | 贴身内衣

说起来没什么好害羞的,我的体型很小。开玩笑地说,可能就跟现在的小学高年级学生差不多的感觉。不过毕竟已经在往更年期大步靠近,肚子上堆积了不少赘肉。

尽管我很想把这脂肪层层叠叠的情况稍微改善一下,可是却没有采取任何行动。只是我怎么都不喜欢那种咬进肉里面的窄小内裤。最理想的是可以一直盖到肚脐眼,纯棉制成,裤腰和脚口没有蕾丝的内裤。稍微在脑中描绘一下,我上幼儿园时穿的那种南瓜裤衩其实是最接近的。我知道那种内裤穿起来一点儿都不性感,可是肥肉从紧巴巴的内裤里溢出来挤在纽扣和松紧带边上的样子也说不上好看呀。

因为这里是能登半岛的乡间,所以还保留着各种各样的祭典和活动。但即使是那些承载了古老历史的祭典,仪式期间摆出的夜店和露天小摊却是每年都与时俱进的。

去年的夏日祭上，我最喜欢的捞金鱼竟然没有了，捞的全都是里面装着塑料小鱼的球形玩具。尽管如此，在夜店的章鱼烧和棉花糖中间，有时也会混杂着卖金属器皿和饭碗之类物品的摊贩。有时就算没有祭典，人们也会发起只贩卖生活杂货、被称为"祭市"的集市来。锅碗瓢盆、草鞋、袜子、榔头……就算里面没有我想买的东西，过去逛逛也是很好玩儿的。

几年前，我偶然去隔壁的门前町参加了那里的"荞麦祭"。发现在一排摊贩的角落里竟有一个挂满内裤的摊子，一个大叔坐在堆成山的内裤中间做生意。当时我塞了满满一嘴的蜂蜜蛋糕，正准备往前走，目光却落在了用马克笔写着"果胸""衬裤""打底裤"的硬纸板上，那位大叔写在纸上的片假名让我停住了脚步。

哦——"果胸"应该是"裹胸"的意思吧，"衬裤"那里还写着"两件三百日元"。我一高兴就忍不住凑了过去。里面当然也有粉色和裸色带蕾丝的华丽阿姨裤，但堆成一座小山的却是手感跟T恤差不多的无缝剪裁内裤（衬裤），以及前面开口的拳击内裤（打底裤）。

"大叔。这个看上去似乎挺舒服的。"

"这可是好东西啊，褶位是双层的，质量好得很。"

那些质量好得很的内裤也只卖二百日元一条。我拿在手上一看，发现上面没有标签，也没有任何多余的东西。关键是，它还能一直盖到肚脐眼上，脚口也不会勒人，实在是一条完美的"南瓜裤"。不仅如此，后面的褶位确实是双层的，于是我把它撑开来看了看。这真的很不错啊，又好看，又便宜。唔……我已经想要得不得了了。

"那个，我要这条和那条，还有……"

我给自己买了四种，还把丈夫的也买了。

回家以后，我看着新买的衬裤和打底裤简直兴奋得不得了。赶紧洗了澡试穿看看。因为家里没有全身镜，只能对着卧室那扇方形的窗户看自己的身影。全身上下只穿着一条内裤，两手叉腰扭着屁股，还自我陶醉地说："这个真的好可爱呀。"最重要的是，内裤还把我的屁股整个包了进去，一点都没有束缚感，非常舒服。对了，明天再到那个大叔店里去一趟，多买一点回来囤货吧。

从那天起，我舒服又可爱的衬裤生活就开始了。真想说给大家听，可是应该没有人愿意听这种事。至于年轻的女孩子们，向她们推荐这种东西未免太残忍了。就在我急着要分享这种心情，感到坐立不安的时候，突然想起有两个朋友一定能明白我的感动。

她们分别是在高知从事服装设计和制作的早川由美，和在多治见经营"百草画廊"的同时，还设计各种穿衣搭配方案的安藤明子。

由美喜欢亲手制作兜裆布式的内裤，一直走在独特的内裤之道上，衬裤之流，可能会入不了她的法眼。不过我去高知玩儿的时候，还是向她进贡了一条。

明子会根据自己的体型和身材制作一种名为"沙龙"的筒形半身裙，还会提出专属的个人搭配。

有一回我到"百草"做客，在那里泡澡的时候，神神秘秘地把明子叫到了更衣间。

"我现在喜欢穿这种衬裤，明子你喜欢穿什么样的内裤啊？"

明子乍一看是那种特别正经、特别纯洁的人，给人一种从未被玷污过的仙女一样的感觉。也就只有我这种厚脸皮的阿姨能半裸着身体跟明子仙女谈论衬裤的话题了。

"哇，智子姐姐，正好我也在找好穿的内裤呢。嗯，对啊，这种真的很不错。让我仔细看看好吗？"这不正是如我想象那般的绝佳反应吗。

"你看，这里是不是很可爱？我跟你说，卖这种衬裤的大叔说这是在大阪生产的。不过那以后我就没见到过了。"

随后我们两人又围绕这个话题谈论了很久。几个月后，明子给我制作了"百草"独创设计的内裤。到那时，我一开始买来的二百日元一件的衬裤已经被穿得破破烂烂了，大腿根的位置甚至开了个大洞。

现在，这种内裤还开发出了有机棉材质和各种颜色的，成了"百草"的正式产品。无论是做工还是材质都十分牢靠，无须担心穿一段时间就会破洞。不过我看到认认真真开发内裤的明子，偶尔心里还是会犯嘀咕：会有很多人来购买这样的内裤吗？而且，我每次穿这款内裤的时候，都会不由自主地猜想"百草"那些年轻的女店员是否会穿跟我一样的内裤，然后忍不住笑出声来。

可爱的人 | 由美的半身裙

我们移居到能登半岛的山中已经二十年了。我觉得,跟附近那些本地的年轻媳妇相比,或许我更习惯这里的乡间生活。毕竟我喜欢种田,还会到寺庙的各种活动上帮忙,也喜欢采蘑菇摘野菜。与此相反,每次参加学校的活动反倒会觉得有点不来劲儿。我刚搬过来的时候,总是会有人说"阿百妈妈的穿着真奇怪"。新家盖好之后,孩子们的朋友经常会过来玩。有一次,邻居家的女孩子还带了好几个自己的同级生过来。她在玄关叫了一声"你好",马上就开始带着朋友参观我家,还说:"你看你看,这里像不像印第安小屋?"我也应了一句"欢迎啊",随后大笑起来。这简直就像课外学习一样。

住在高知的早川由美以制作服装为业。她是陶艺师小野哲平的夫人。我跟两人相识已经将近二十年了。由美做的衣服特别可爱。因为她起初的想法是为自己制作衣裳,所以她每天身上穿的东西自然全都是自己做的。亮粉红色的华丽纱裙上点缀着纽扣和小珠,上衣是紫色的小碎花图案,似乎连袜子都是亮黄色和亮粉色混杂的。全身上下几乎不存在纯色。可是穿在由美身上却不显得很奇怪，甚至还很适合她。我平时虽然喜欢将纯色的衣服搭配起来穿，可是由美做的衣服却是例外。我喜欢她做的土佐茧绸的黄绿色格纹半身裙。就连稍嫌平淡的暗色纱裙，由美也能加上大口袋把它变得很可爱。无论是日常居家还是出门，我都能用它来搭配衣服。

就连那些平时在画廊或商店里看到由美做的裙子便会猛地后退三大步，感慨"我肯定穿不来这种感觉"的人，看到我和由美很自然地穿着那些衣服之后，也会夸赞道："哇，真的很可爱呢。"当然，那也可能只是奉承话，但我并不介意。束脚工装裤剪裁的肥大裤子，膝盖部位缝着两片大大的补丁。我没有运动裤，于是去出席运动会时就会穿上这条裤子，光明正大地参加亲子竞技活动。还被人说过"赤木夫人总是穿着很可爱（很奇怪）的裤子"呢，不过我也不太介意这些。

我曾在轮岛的一家超市里被一个不认识的人叫住，她对我说："你这条裤子真好看。在哪儿买的？是自己做的吗？"

虽然那位主动搭话的阿姨把我吓了一跳，但我还是马上向她介绍了由美的工作。结果她马上就订购了那条"大补丁束脚裤"。很好很好。我兴高采烈地给由美打了电话。"嗯，嗯，我知道啦。她想要什么颜色呢？"由美还是用她那可爱的声音回着话。我也忍不住啰嗦了两句："还是我这个模特当得好，才让轮岛的人也喜欢上了你的衣服。"然后我们又聊到了最近的生活、孩子们的情况、手工作品的情况和彼此让人烦恼透顶的先生，差点停不下来。我们一开始虽然是画廊的工作人员和匠人的关系，但自从我辞去工作以后，纵然相隔甚远，我们俩的想法却似乎很接近。因为我们都在乡间生活，寻找着各自的惬意。

对了，据说由美有一次到儿子的学校去参观课堂，衣着跟平常风格一致，同学们一见到她都感慨道："哦！你妈妈是马赛族人吗？"虽然是别人的遭遇，但我还是感到又好笑又高兴。

我的目标是，即使变成老太太也要一直可爱下去。无论从前面看，还是从后面看，当然也包括最关键的内心。如果能变成那样的人，该有多好呀。对吧，由美？

| 早川由美的半身裙——112 页

不可或缺 | 室内鞋

这里毕竟是奥能登的山中，冬天自然是非常寒冷。不过家里的柴炉一整天都烧得旺旺的，让我总感觉比东京的娘家还要暖和。尽管如此，我的身体还是需要一样不可或缺的东西，那就是在屋里穿的室内鞋。如果不穿它，我就感觉好像没穿内裤一样，一整天都坐立不安。而且实际上，这座房子里铺的几乎全是木地板，理所当然会非常冻脚。可是我需要室内鞋跟冷热毫无关系，它仿佛已经成了我身体的一部分。我最喜欢藤原千鹤的室内鞋。家里一共有三双，一整天都在穿。

话说回来，我们夫妇俩都喜欢破破烂烂的老物件。这件事虽然没有特别对谁提起过，但家里还是会聚集许多来自各处的老物件。移居到奥能登之后，周围的人家都建有土藏和仓库，里面一定有许多对主人来说已经没有用但却充满魅力的道具，或是曾经在各种场合派上过用场的实用物品。

由于大家都不想让别人看到自己家仓库里的东西，所以也不知道那一个个土藏里究竟放着什么。

　　搬到这里几年后的一天，一直对我们关照有加的寺庙住持的夫人给我打了个电话。"我请人把智子夫人可能会喜欢的东西带过来了，你要来看一眼吗？""好。那是什么呢？我马上就过去。"说完，我就开着车奔向了仅有八百米之遥的寺庙。"我见我家那口子要把这些都扔掉，就跟他说，智子夫人一定很喜欢，不如先等一等吧。你看这些怎么样？""哇，是旧和服吗？还有棉被呢！真是太让人高兴了。这些我都能收下吗？太好啦！""请吧请吧。反正他也打算扔掉，你就别客气，都拿走吧。""真是太谢谢你了。"

　　那个巨大的，乍一看就觉得似乎充满霉味的包袱里漏出了套着蓝色细碎几何花纹被套的垫褥，此外还能看到条纹被套的被褥。太好了，太好了，太好了，太好了，我正想要这种样式的。住持的夫人真是太伟大了。

　　回家以后，我跟丈夫一起兴高采烈地拆开了行李。里面装着各种各样的老物件，男装的旧和服里面甚至混着连体服。最重要的是，刚才看到的那条垫褥几乎没有一点破损，还有另外两张。我真是太高兴了，乃至手舞足蹈起来。

　　后来丈夫又回工作室了，我一个人继续收拾，突然在和服中间发现了一团东西。抽出来一看，原来是一大捆抹布，都是用旧和服剪裁而成的。我把它们一一摊开来，呆呆地凝望，渐渐觉得，虽然它们又破又旧，但是特别漂亮。

　　我不太清楚这一切是怎么开始的。每天都穿的纯棉或麻布的和服稍微有点破损就缝补一下。如果又破了，那就整件拆开，要么织成粗布，要么做成别的东西。可能到了最后的最后，就变成了抹布。经过无数次水洗的布料色泽，还有已经磨平的缝线比任何东西都美丽。只有一块就已经很漂亮了，而把这么多块摆在一起看，则更是让人陶醉。醉心于这种东西究竟是好事还是坏事呢？连我自己都不知道。

我把那些抹布拿给丈夫看，他说："这个很不错，不如下次拿给做古董生意的坂田先生吧？他一定会很高兴。"那样最好，那样最好。如果放在我家，既派不上用场，又不能用来装饰。只有我能时不时把它们找出来呆呆地欣赏，实在太可惜了。嗯。

几个月后，我听说坂田先生那座小小的美术馆"as it is"里面竟然展出了这些破旧的抹布。哇，那可真是太厉害了！于是我赶紧抽时间到美术馆去了一趟。里面果然挂着那些抹布呢，就在"as it is"二楼那个小展室的墙上。

我高兴得有点不知说什么好。那就好像看到内屋（我们居住的小村落）的老奶奶们带着羞涩的笑容坐在一起一样。想到这里，我甚至能听到她们的笑声："哎呀哎呀，你把我们几个老太太装饰在这里，可怎么好呢。真是的，太羞了。"想着想着，我就忍不住微笑起来。

不经意地往脚下一瞥，发现今天我也穿着最喜欢的室内鞋。再抬起脚底看一看，那上面留着不断缝补留下的痕迹。毕竟是我这个笨手笨脚的人的手工，看起来特别蹩脚。不过就是这种古旧的感觉让人心里暖融融的，就好像那些抹布们。今年冬天，室内鞋的底部又破了两个大洞，被我想办法从两端补上了。虽然不太好意思让制作鞋子的藤原小姐知道，但我还是想在她眼前炫耀炫耀。

| 藤原千鹤的室内鞋——46 页

购物 | 菜篮子

有许许多多的人，会从各种各样的地方来到我家。采访的人，来参观的客户，来玩儿的朋友，来吃饭的年轻人。凡是第一次来的人，通常都会问我这样的问题：

"这里买东西很不方便吧。你是怎么解决的？"呵呵。

"这里好安静啊。你不会寂寞吗？"不会不会。

我总觉得辜负了大家的期待，有些不好意思。不过呢，即便是在这种乡下的山中，只要开上十分钟的车就能找到挺大的超市了。尽管我做了解释，那些问问题的人也不知到底有没有听进去。他们看着我家周围的土路、旷野、森林、小溪和农田，以及一不小心就有可能碰上狸猫的气氛，不是轻轻叹气，就是目光呆滞。

其实，我也不太喜欢到超市去买东西。因为我是个吝啬鬼，不舍得花钱。而且一去超市，就难免会买到很多包裹着塑料袋和保鲜膜的东西，说白了会制造许多垃圾。再者，我也非常不喜欢排队结账。

而那些在我家附近超市买不到的，我自己喜欢的大米、调味料、麻油、茶、酒、天然酵母面包、香肠、海带、柴鱼干，以及肥皂和洗涤剂等等，我都会上网下单。这个世界实在是太方便，喜欢的东西轻易就能买到手。至于蔬菜，那就是乡村的特权了。我们会在一小块地里种菜，也可以吃到邻居家老奶奶分给我们的蔬菜。有时还会到山上去摘野菜、采蘑菇回来，大家都吃得胃口大开。

尽管如此，想过上自给自足的生活还是非常困难的。我们既不是素食主义者，也没有自己饲养猪、牛、鸡，而且每天还要做十个人的饭菜。因此就算再怎么不愿意，每隔三天我还是得去一趟超市。有时候我会想，要是能避开超市，在店铺一字排开的传统商店街买东西就好了，不过这只是痴人说梦罢了。

豆腐和纳豆去找豆腐店，肉类和鸡蛋去找肉店，鲑鱼排和金枪鱼块去找鱼店，点心到点心屋。还有还有，橡皮擦和绘画用纸去找文具店，御手洗丸子和赤饭去找和果子店。在我小时候，购物就是这样。母亲一副理所当然的样子，提着菜篮子，里面放着挂有小铃铛的蛤蟆口钱包。没错没错。不知从什么时候起，就变成了双手提着超市的塑料袋，为了找到稍微便宜一点的牛奶，为了买到更优惠的肉类而奔波。我记得那个不会开车也不会骑车的母亲，每天都会特别积极地徒步到超市去"朝圣"。回家的时候，她提着大包小包的塑料袋，咬紧牙关坚持到进门。她双手提的东西看起来总是那么重，让小小的我不由得担心，本来个子就很小的母亲会不会越缩越小，双手却越拉越长呢。

丈夫最近热衷于到早市购买新鲜鱼类，回来自己宰好，跟朋友、客人以及徒弟们一起吃。我在旁边看着，甚至感觉他对此比对工作还要热心。丈夫管这种活动叫"食活"。尽管事实并没有如此夸张，但仔细想想，其实我们夫妇俩都一样，不管是每天自己吃，还是跟客人一起吃，都在拼尽全力做出美味的饭菜。

而这个"食活"中不可或缺的一样东西，就是早市阿姨卖的鱼。我们最忠实的伙伴——轮岛早市，对我来说，应该算得上是商店街的替代品了吧。刚搬到能登的时候，由于不知道在早市的哪家店里买鱼，我总是犹犹豫豫来回游荡，但自从老板给我介绍过之后，我就一直都在同一个阿姨那里买鱼了。新鲜是当然的，而且她还会教我怎么吃最好吃。最近甚至还从出差的地点打电话告诉我说："拿到好鱼了！"丈夫自然是高兴得不得了，马上也跟她成了好朋友。

虽然身为夫人说这种话有点奇怪，不过早市的阿姨们跟我丈夫之间确实有种意气相投得略显微妙的关系。

不管是跟丈夫到早市，还是开车去超市，我每次都会提着一个菜篮子。那是用细竹子编成的、结实的采购篮，就是那种经常能在筑地市场见到的大家伙。因此我在早市上也能不断把鲜鱼、干货和蔬菜包子等东西自如地往里面放。买到一看就很好吃的鱼之后，丈夫就会满脸笑容地提着篮子往家走。

可是在超市里，情况却不一样了。早在没有"环保袋"这种词汇的时候，我每每提着菜篮子走进超市，大家好像都会对我这个"提着大篮子的阿姨"多看两眼。在手推车上放一个超市的绿色篮子，下面则大摇大摆地放上我自己的菜篮子进去购物。我知道这样可能让别人有点难办，可还是会在收银处一把拽出自己的菜篮子，厚着脸皮一低头："麻烦结账！"这样一来，那些友好的收银员就会把我买的东西直接放进菜篮子里。真是太好了，这样就可以不要那些自己不喜欢的塑料袋了，而且也省下了跑到另外一张桌子上把东西装进袋子里的麻烦[1]。不仅如此，我经常光顾的超市还会在积分卡里奖励自带口袋积分。这种一举多得的感觉让我很是舒爽。结果，要是我偶尔忘了带菜篮子过去，连收银的人都会问我："哎呀，今天您没带篮子来吗？"

可是啊，连奥能登的超市也终于被塑料袋收费的风潮淹没了。大家都对

1　日本一些超市不在收银处装袋，而是从收银员那里接过塑料袋，自己提着购物篮到旁边的装袋处（就是一排桌子）装袋。——译者注

"收费"这个词格外敏感,转眼就多了很多环保袋和自用袋。再抬眼一看,收银处便多了一张告示:"非超市配发购物袋,请勿在收银处装入商品。"莫非我的菜篮子再也不能在收银处装东西了吗?对我这个已经用了好几年环保袋(虽然是个篮子)的熟客,这样会不会太冷漠了呢?本来我还在东想西想,可是见到脸熟的收银员,把菜篮子往收银台上一放时,他们还是跟之前一样帮我装篮,不会露出半点不情愿的表情。然而我们家这个勤勤恳恳的菜篮子因为太受重用,已经破了一个洞。目前我正考虑再买个新的。顺带一提,我东京娘家的母亲已年近八十,现在她出门则都会推着那种方便的"老人推车"。

| 菜篮子——94 页

咖啡屋

我不怎么能喝咖啡。一旦喝多了，不是头昏昏沉沉，就是恶心想吐，所以只在别人端出来请我喝的时候，才会喝一点。

尽管如此，我上大学时却在阿佐谷车站附近的咖啡店做过兼职。那是一家很小的店铺。在接受面试前，我一直都误以为那份工作是把店长做好的咖啡端给客人的服务生工作。我就是想在小小的店铺里试试那种工作，就这么闷头闯了进去。可是仔细一看，店里当班的竟然只有一个人。那个人既要做咖啡，服务客人，还要收银找钱，自己洗杯碟，同时还要接待来买咖啡豆的客人。"哎哟，这可有点难搞吧。"虽然心里这么想，但是已经晚了。我坐在吧台上，已经开始接受面试了。实在不好意思说出"是我误会了"这种话，转眼间就被录取了，还要"从明天起跟着老板，先开始练习吧"。啊啊，后来想想，为什么我会被录用呢？真是太不可思议了。不过不管怎么说，从第二天起，那些根本不能用"练习"来形容，只能称之为"地狱特训"的日子就开始了。嗯……第一天：

"你今晚先把菜单上所有东西的名字和价格背下来吧。""是。"

再仔细看一眼递到手上的菜单,光是含有咖啡的就多达五十种。除此之外,红茶有二十多种,小吃只有三明治和咖啡果冻。我只能拼命背下来。接着,迎来了第二天:

"把这上面写的话都记下来。""是。"

吧台内侧贴着一张纸,上面用马克笔写着"欢迎光临、您久等了、我明白了、非常抱歉、谢谢光临、祝您日安"。

"单品咖啡用这种杯子和碟子,这一类用这边这种。还有,大杯子是用来装奶咖类的,红茶用那个。""是。"

简约的白色杯子有好几种不同的形状。接到客人的订单后,我就要准备杯子。满脑子都是七十多种饮品和与之相对应的杯子。跟老板在店里站了两个小时之后,老板又对我下了杀手锏:

"好了,你从最后一个客人开始,给我按顺序说说今天都接到了什么订单,价格是多少,客人给了多少钱,你找了多少钱吧。""啊,是。"

那早已超过了我大脑的承受范围。我头昏脑涨,但一切远还没有结束:

"我给你示范一下混合咖啡和法式滴滤咖啡的做法。""是。"

"再来一遍。""是。"

特训的第五天,我好歹是把混合咖啡和法式滴滤咖啡的做法给学会了。

"从现在起,你一个人在店里站一个小时看看吧。客人过来时,你要在入口低下头先向他解释:'非常抱歉,我还在学习中,只会做混合咖啡和法式滴滤咖啡。如果您不介意的话,请进来坐吧。'然后再让客人进来。""啊,我真的能行吗?""没问题。你试试吧。""是。"

在那漫长的一个小时里,我抱着激动又紧张的心情,为五位愿意到店里来坐的客人认认真真地做了咖啡。除此之外我什么都不记得了。唉,也不知道究竟有没有收到钱。

接下来的那五天,是其他更复杂的咖啡的制作方法大特训。吧台有八个座位,餐桌有三张。如果有四个客人坐到餐桌席位上,分别点了不同的东西,就必须一边动脑一边动手,尽量让四位客人的东西同时上桌。由于几乎没时间写单子,只能把菜单和价格牢牢记在脑子里。必须时时刻刻意识到有人在看着自己,还有还有……

就这样,十天后,我终于出师了。当时我已经是靠着倔劲儿在坚持了。我本来打算十八岁进入大学后,痛快地享受学生生活,却在不知不觉间开始了这种类似禅寺修行一样的咖啡店兼职工作。据说这种辛苦的工作,年轻女孩子大多只能连续做两个小时,我却不知为何通过了面试,所以整个人都绝望了。而且那家店还是从早上七点营业到凌晨两点。当时除了老板以外,店里的员工加上我一共五个人,其中只有两个女孩子。兼职人员无法上班的时间,则由老板来撑场子。由于他太严格,工作又太辛苦,几乎没有人能坚持下去。好像也正因为这样,很少有人能通过面试。唉。

一周五天，两到三个小时，要么是早上到大学上课前，要么是傍晚。明明只是两个小时的工作，却把我累得无法动弹。每次我准时到店，若不在打开店门前深吸一口气，让自己鼓起劲儿来，就会害怕得连门都不敢开。一旦走了进去，就必须一个人完成所有事情，没有人会来帮我。跟朋友提起这件事，她也只会大笑着说："那你怎么不辞职啊。"但是我已经暗自下了决心，在时薪上涨五十日元之前绝不辞职。

渐渐习惯了店里的工作后，老板就会扮成顾客来考验我们。"欢迎光临。"像平常那样打过招呼之后，他就会一鼓作气地说出："给我维也纳咖啡和冰奶茶，还有爱尔兰咖啡和巴西单品。"这种故意为难人的话来。"是，我明白了。"再重复一遍点单，然后走进吧台，做个深呼吸，开始工作。如果这个测试合格了，原本五百日元的时薪就能上涨五十日元。头一次测试失败了。不过好像没有人能第一次就加薪。嗯！下次我绝对不会输的！总感觉心里燃起了熊熊的斗志。

店里经常放有线广播节目，基本上都开在爵士乐的频道。早上很早的时候会切换成古典乐频道。因为我总是匆匆忙忙地四处走动，经常会碰到音量旋钮，让店里的音乐突然音量变大，而且受到惊吓第一个尖叫出来的那个人往往也是我。"实在是太抱歉了。"

一位熟客来点了咖啡果冻。果冻上的冰激凌我总是会弄倒。用汤匙去调整位置，却只会越戳越塌，根本扶不起来。怎么办？唉……坐在吧台的客人实在看不下去了:"可以了,可以了,在上面装饰一点生奶油就好。""啊,真是太对不起了。"

可能是因为我比别人都笨拙,在旁边看着特别好玩儿,也可能是半带嘲讽的心情,又或者实在是太担心了,总之有很多熟客都会在我上班的时候来光顾。我有好几次都得到了他们的帮助。周日实在太忙了,我在吧台里一下慌了神。只能赶紧背过身去哭一会儿,再转回来继续努力。尽管如此,在跟熟客交谈愉快,以及能顺利做出美味咖啡的时候,我还是觉得非常开心。

终于,半年后我的时薪涨了五十日元,对工作也已经彻底习惯了,再也不会慌神,脸皮也越来越厚。但是,可能是因为要把每一杯咖啡认认真真地做美味的心情变得淡薄了吧,我觉得那段时间里,自己做的咖啡并不好喝。不知为什么就是有这种感觉。明明是为了赚点零花钱才去面试的,为什么非要选择在这种要求严格的咖啡店里修行呢?我自己也想不明白,开始有点想逃离了。

然后就到了春假。我终于用想去北海道看流冰的理由辞去了兼职。那真是一种无比畅快的解放感。哇哦,从明天起就不用再到店里去了。光是想想就觉得一身轻松,整个人都愉悦起来,连我自己都吓了一跳。

自那之后的大学生活中,我也体验了各种普通女大学生根本体验不到的兼职工作。再长大一点,开始到画廊工作时,想起十八岁那年时薪五百日元的兼职工作,以及在那家店里学到的东西,我竟觉得那对自己来说真是太好的经历了。其实那时我就已经不太能喝咖啡了。只是兼职的时候，下一个人来接班后，我偶尔也会坐在吧台上点一杯咖啡。

每次点的都是比法式拿铁含奶量还要多一点的牛奶咖啡。如果我真的很喜欢咖啡，又有那么一点自己开店的意愿，一定会更加努力做出美味的咖啡吧，而且还会把那份兼职工作当成真正的修行，一直坚持下去。那样一来，说不定现在我已经是一家超受欢迎的咖啡店的店长了，每天都面带微笑地给客人做咖啡呢。想想真有点可惜。

居
　すむ

玻璃的"噢！"｜辻妹妹的玻璃片口

每次造访玻璃工艺师辻和美女士的店铺，我都会惊讶万分。有一次我走上二楼的展示区域，发现天花板上竟挂满了玻璃制成的水滴，欲落未落，折射的光芒让人有些恍惚。另一次，天花板上则悬挂着许多大大的玻璃球。辻妹妹不知按了个什么按钮，那些玻璃球竟全部旋转起来，彼此若即若离。我带去店里的孩子们一下子都兴奋不已，开始满屋子乱跑，还跑到玻璃球底下玩儿。

曾经有人告诉我，所谓"现代美术"就是发现一些以前从未察觉，蓦然回首，却让人怦然心动的事物。"哎呀呀，这次我也怦然心动了呢。"我边想边走下了楼梯。

来到楼下，却又在一堆日常使用的玻璃器皿中，发现了一个大得惊人的玻璃片口。就在我忙着目瞪口呆的同时，丈夫已经在盘算把它带回家了。且不管要怎么用它，反正光是这个巨大的片口能来到我家这点，就让我高兴得不得了。

我试着把它放在起居室的桌子上，装了几个苹果。"噢！"只听自己心里涌出了一声欢呼。现在的片口比它空着的样子更好看了。当然，真要把它当成杯子来用确实有点困难，不过我能肯定，无论苹果、片口还是我自己，现在都十分惬意。

| 辻和美的玻璃片口——102～103 页

"掘·攀"｜梯子

这是几年前的事情了。我们要在"山轰画廊"这个名字奇怪又酷炫的画廊里办一次丈夫的展会。那是一个由仓库改装的，空旷又时髦的空间。

于是，丈夫一时兴起说："好！我们来做梯子和铲子吧！"他一旦兴致高涨，行动力就特别惊人，无论如何都要完成目标。这对我们家的匠人们来说可能是个大麻烦。尽管如此，丈夫还是发挥了他漆艺家的本领，用各种涂法制作了二十把大小各异的梯子。并把它们悬挂在了"山轰"那个大仓库的天花板上。

我家还有三把旧梯子，是"晒谷梯"。由于奥能登一带的农田地方狭小，割下来的稻谷必须放在又窄又高的架子上晒干。由于架子实在太高，只能靠梯子爬上爬下，所以就有了那种晒谷梯。我们入手了三把已经不再使用了的晒谷梯，它们外形大大咧咧，颜色褪得恰到好处。某段时间，它们只是毫无意义地靠在走廊的墙上。最近则被拿进寝室，或是搬到工房，让它们发挥本职作用——帮助我们爬上爬下。它们的构造和所有梯子一样，用来攀爬的横杆或是从两侧透出或是卡在内侧，彼此交错，可这种平凡无奇的设计却让我心醉不已。不过对我来说，似乎把它们靠在走廊边上更令人感到亲切。

说起"掘"，从我懂事开始，家里人就常说"智子喜欢挖掘"。为什么呢？因为我总是把脚塞到跟我一起睡的母亲脚下和床单之间，一下一下地挖。从钻进被窝里，迷迷糊糊地快睡着的时候，直到完全熟睡为止，我都会不停地挖啊挖。最后连床单都被我抠破了。连我自己也不明白到底在挖什么。

不过，那种感觉实在太好了。那种奇怪的癖好似乎保持了很长一段时间。只在这里稍微透露一下，其实就算现在变成了一个阿姨，我那种脚上的冲动依旧存在，有时候不知不觉就开始在丈夫的脚下挖啊挖。

"掘·攀"是那次展会的主题。这两个词不知为何在我心中留下了萦绕不散的共鸣。对了，不如下次再办个"蹬·戳"或者"揉·挠"展吧。

| 晒谷梯——47 页

宇吉 | 卡梅利亚的彩铅画作

有一家专卖绘本和香皂的店铺,名叫"宇吉堂"。对喜欢绘本的我来说,那家店是一心向往的地方,但我更喜欢的其实是它的名字。店主宇吉真名叫宇企子,不过附近的人都管她叫宇吉。不知为何,那让我很是羡慕。我有个画师朋友椿野,她给自己起了个笔名叫"美津留·卡梅利亚",那个名字也很好玩儿。我觉得啊,名字这种东西实在是太重要了。过去有个叫"尾形龟之助"的诗人,还有叫"角伟三郎"的漆艺家,这些人的名字都特别酷。我还有个同级的同学叫"为九郎",据说他哥哥叫"为五郎"。那些名字光是一听就让我特别着迷。

我肯定对江户时代那些武士的名字没有一点抵抗力。不久前,我的确开始沉迷于藤泽周平的时代小说。呵呵,之前我还以为自己一辈子都不会读什么时代小说呢,实际却并非如此。看过电影《黄昏的清兵卫》之后,我就对清兵卫一见钟情了。结果一翻开原著,更是看得停不下来,因为里面总会出现让我怦然心动的名字啊。

卡梅利亚的作品都是彩铅画。我们刚结识的时候，她主要在创作蔬菜和水果的作品。蔬菜很美。结果之前的花自然是很漂亮，但果实和菜叶也一样美丽。我从小就喜欢看排列得整整齐齐的蔬菜，甚至还想过到蔬菜店工作。所以当我看到卡梅利亚的作品时，高兴得"哇！"出了声。我买了芜菁的画、苦瓜的画，还有枇杷的画、马蹄莲的画。因为我家建在山上，窗外就是一片葱葱郁郁的山林，旁边还有自家种的一小块田地，平时自然能够欣赏到真正的蔬菜。可是，把自己喜欢的画挂在家中，时常在不经意间看上一眼，这对身心都有好处呢。不对孩子们做任何解释，只让他们从小就看着家里的画长大，那样肯定很好吧。画画、看画、挂画，这些事情仿佛已经不再特殊，而是成为日常。

　　我时不时会瞥一眼挂在走廊上的枇杷画作，或慢慢凝视一会儿，偶尔还会一头撞上去。有时认认真真地站在前面仔细欣赏，有时甚至会完全遗忘了它的存在。不过每次停下脚步，对着画涌出"啊，是枇杷呢"这样的感慨时，总会想到宇吉和卡梅利亚这两个人，紧接着又会觉得，自己果然还是很羡慕"宇吉"和"卡梅利亚"这两个名字。

| 美津留・卡梅利亚的彩铅画作——58 页

唰唰唰 | 扫帚

家里挂着各种各样的扫帚，还摆放着各式铁瓶和药罐。我家徒弟们的朋友来玩儿时，经常会饶有兴致地观察房间里的东西。"啊，那个扫帚吗。智子夫人是个'扫帚迷'。""对，那个大药罐也是，智子夫人喜欢收集药罐。"徒弟们经常会小声在旁边解释。说得我俨然是个"有奇怪爱好的人"。

不过老实说，我确实是个"扫帚迷"，所以也无从反驳。我特别喜欢扫帚的形状，只是单纯把茅草或棕榈之类的植物捆成一束，让末端张开方便扫地。此外用线、铁丝、绳子捆扎的细节也让我倾心不已。无论是短小的小扫帚，还是打扫庭院用的长扫帚，我都特别喜欢。只是看着它们挂在墙上，就特别高兴。

当然，我也不是什么扫帚都喜欢的。世界上还是有很多我不想要的扫帚。不过凡是扫帚就都拥有"打扫卫生"这样明确的用途，又使用了天然素材，几乎全是手工制造的，因此几乎见不到什么特别离奇的形状。若不做得结实耐用，就会很快报废，充满个性的外形毫无意义。因此我觉得，无论是什么地方，一定都有使用方便、用当地常见素材制作而成、形状美好的扫帚。

对了对了，轮岛就有那样的扫帚。匠人帚。那是小型的手持扫帚，末端像扇子一样张开，是专门用来让漆艺家打扫工作台用的。现在已经几乎没有人在制作那种扫帚了，所以想买都买不到。也因为如此，每次发现那样的扫帚，我们都会情不自禁地买上一大堆。捧在手上时甚至觉得自己成了最幸福的人。

还有还有，一些匠人会自己制作扫帚，比如岩谷雪子女士。虽说会制作扫帚，但她主要还是个利用植物来塑造作品的匠人，还有将植物卷起来做成鸟巢一样的作品。她用严肃认真的态度制作着孩子们会喜欢的东西，并且将其加工得无比美丽。这个人做的扫帚也异常优美。她学习江户和帚的制作，在此基础上又将自己心中的美丽形状融入作品中。她的扫帚流露出一种夏克风格[1]的气质，外形简约而庄重。与其在墙上装饰蹩脚的雕刻和画作，还不如把岩谷女士的扫帚挂上去更令人感到惬意。一个匠人，如此认真地将我最喜欢的扫帚制作得如此美好，真是太让我激动了。只觉得双眼湿润，有点喘不过气来。哈哈。

---

1 由夏克教派信徒创始的一种家居设计风格，特点为简洁、实用并做工精良。——译者注

家里到处都挂着扫帚。孩子们的房间里挂着红绳捆扎的扫帚和红色小垃圾铲。在德国汉堡的市场上买回来的小扫帚今年开始被用来打扫柴炉周围。那把"苔帚"虽然不会经常用到，但是外形真的太好看了，所以还是被我买了回来。在巴黎的杂货店里淘到的红柄扫帚足够结实，正好适合用来扫阳台上的落叶。作坊的入口处挂着一串又一串的轮岛扫帚。啊，还是不要光看着扫帚们发呆，再加把劲儿扫扫地吧。

红绳捆扎的扫帚——56 页左上
苔帚——56 页右上（左）
轮岛的匠人帚——56 页右上（中央）
岩谷雪子的扫帚——56 页左下

怪阿姨的举动 | 越南的扫帚和水壶

我们一家五口到越南过了个"暑假"。几乎没怎么去观光,而是在小小的度假村租了个小木屋,游游泳,看看书,吃吃饭,睡睡午觉,捡捡贝壳。一家人尽情地犯着懒。啊,现在回想起来我还是会感到心怦怦直跳,真是一段快乐的时光。

越南的人都很热情,酒店的清洁工阿姨和泳池救生员小哥儿都满脸微笑。我每天都会呆呆地看着他们。不过我这个人就是喜欢各种小东西,一不小心,目光就落到了他们使用的工具上。哎呀,那位阿姨在用可爱的大扫帚打扫院子里的红砖小径和餐厅入口呢。"噢!"对扫帚特别着迷的我忍不住了,不由自主地被阿姨手上那把扫帚吸引过去。那把扫帚很长,外形很朴素,是用很高很高的植物直接捆扎而成的。趁着阿姨把扫帚靠在柱子上的空当,我随手就拿了过来,在附近扫了扫。嗯,手感不错嘛。我越来越兴奋,高兴得不得了。当然,我可没有拿起扫帚就跑。不过我脑子里已经决定回去时顺路到胡志明市的市场去逛逛,一定要找到这种扫帚,买一大堆回去。我们坐车经过一个地方时，看到有个店铺门前的男孩子也拿着那种扫帚在扫地。看来大家都在用嘛，那一定很容易就能买到。嗯，嗯。

在胡志明市的大街小巷有许多女人扛着扁担，四处叫卖各种商品，有水果、蔬菜和点心，也有杂货。她们每天挑着扁担，随时都能摆开自己的小摊儿。我到古董一条街看了看，发现有很多摊贩在卖各种各样好吃的东西。有像小豆汤一样的东西，有像豆腐一样的东西，还有像比利时松饼般的东西。有炸串店、面包店，人们都会在店里买好东西，自己坐到店门口吃起来，看起来似乎很好吃。原来如此，这里是即买即食的王国，在店门口吃小吃的天堂啊。到处都是吃小吃的人，有人在吃装成一大盘的套餐，有人在吃盛在大碗里的越南河粉，全都坐在店外，热闹非凡。通道一角还有卖茶水和果汁的小店。"噢！"那里又出现了让我不禁被吸引过去的东西，是用来装茶水的铝制水壶。每一家店都备着那样的水壶和玻璃杯，我一次又一次凑过去，随手拿起来端详，有时还露出陶醉的神情。很好，顺便也到五金店找找这种水壶，买一大堆回去吧。看着一次又一次被吸引到路旁的我，连孩子们也受不了了。

可是，我的购物计划却一点都不顺利，因为我既找不到扫帚也找不到水壶。就算走进很大的市场，把每一家五金店都找了一遍。唔，还是没有。真不甘心。杂货店里卖的也都是塑料扫帚，没有我想要的东西。不过到了第二天，我终于找到了。那家店的地上就扔着一大堆那种扫帚。太好啦！还有一些扫帚柄用粉红色胶套给套了起来。那样虽然很可爱，但我还是决定要只有铁丝捆的。"这些我都要了。"店老板很是卖力地帮我把那些扫帚打了包。然后，那十把大扫帚全都跑到了还在读初中的阿茅背上。

水壶花了我更多功夫。因为胡志明市每个角落都在使用的那种水壶是铝制的，还混入了锡铅合金。丈夫说，那种东西现在可能已经没有人制造了。太令人失望了，明明所有人都在用嘛。就在我已经准备放弃的时候，阿茅居然在旧货市场找到了那种水壶，五金店外面的棚架上就挂着一个呢。"小哥，这个还有吗？""这是最后一个了。"老板摇着头说。不过，好歹我也买到了一个，可以满足了。太好啦，我心满意足地回到了伦伦酒店。随后我就走到哪儿都提着那个水壶，见到五金店就走进去说："我想买这样的水壶。""啊，那东西好像就在这里来着。"看店的阿姨在那里翻找了好久，最后还是一个都没找到。莫非我买到的那个水壶其实是整个胡志明市的最后一个吗？哎呀，这个不足一百日元的水壶顿时好像镀上了一圈圣光。

丈夫和阿茅在忙着发呆的我身边聊天。"真是太好了，幸亏那种水壶已经卖光了。要是店里摆着二十个，妈妈又要说'我全都买下来'了，到时候又是阿茅负责背那一堆叮叮当当的东西。""真是太好了，太好了。"

第二天在机场。孩子们像甲虫兄弟一样高高兴兴地背着在乐器街买的两把吉他，我勉强抱着那一大捆扫帚，丈夫则搬了一个用绳子捆得结结实实、也不知道装了些什么的大纸箱子。在旁人眼中，我们可能是奇怪的一家人，但对我们自己来说，买到想要的东西实在太高兴、太兴奋了，根本察觉不到别人的目光。虽然听起来有点够呛,不过各自拿着一堆奇怪行李的赤木家族最后还是平安回到了日本。可喜可贺,可喜可贺。

越南的扫帚——56 页右上(右)
越南的水壶——116 页(窗边左起第六个)

极尽奢侈 | 加贝地毯

"阿玉,不好意思啊,我要打扫卫生啦,很快就好。"为了用吸尘器打扫那块地方,我还得求我家的狗阿玉让开一些。已经是老奶奶的阿玉身体已经不行了,耳朵也不怎么灵光。最近就算是最讨厌的吸尘器逼到眼前了,它也不怎么动。既然如此,那我只能武力解决了。嗡!嗡!

"阿玉,我要过去啦。来啦来啦,快躲开呀!"嗡!

(真是的,就不能让我静静待着嘛。哇哇,她真的打算来硬的啊。太讨厌了,我马上让开还不行吗。嘿咻。)

这是阿玉的内心独白。

话说有一种名为加贝(gabbeh)的波斯地毯,是伊朗南部游牧民之作。经历了风风雨雨的旧加贝固然美丽,新的加贝也十分漂亮。牧民们用手纺羊毛,用手编织。草木染出的颜色无与伦比,配色明亮,分外惹人喜爱。有整体遍布花纹的;有中央或边缘点缀花纹的,其中还融入了小小的骆驼图案。

那种花纹的平衡感堪称绝妙，到底是谁设计的呢？略微错开的花纹，微妙的不对称感，却使其显得自然而有趣。当然，那当中融入了每个加贝制作者独特的配色，传承了自古以来的技艺，今后也将长久延续下去。

冈山 ONO 画廊的小野先生引进了许多各式各样的加贝到日本来。虽然忍不住想马上跑去买一块，但是鉴于每一块加贝都与众不同，我便决定多看看款式再做选择。在很长一段时间里，只要收到别处加贝展览的明信片，我就会郁闷地咬着手指看看。看来就算用我最拿手的五百日元硬币存款法，也要存上好大一堆才能买得起。唔……

就像这样，也不知究竟等了多久。好不容易，仿佛上天终于给了我机会一样，小野在金泽一家画廊进行加贝展览的消息传到了我耳朵里。在金泽的话，从我家开车就能到呢。

（太好了。那家画廊很大，一定会展出很多大尺寸的加贝。但是不知还有没有我想要的款式啊。而且我那点五百日元硬币存款，究竟能不能买得起呢？还是选小一点儿的吧。啊，怎么办才好……）驶向金泽的途中，我时而高兴，时而沮丧，时而兴奋，时而萎靡，几乎要精神失常了。尽管如此，当我踏进画廊的那一刻，立马就被里面装饰着的各种加贝牢牢地吸引住了。蓝底鲜红的花纹，像整片麦田一样黄澄澄的底色搭配绿色图案。时而流露出保罗·克利的风格，时而又闪现着胡安·米罗的影子。我的心跳越来越快，出神地凝视着每一块作品。

我转过头看着一同前来的丈夫,正用目光询问:能买吗?他就大大咧咧地说:"阿智你选好要哪块了吗?"我丈夫是个"既然那么想要就买下来呀"主义者,也不管家里到底有钱没钱。虽说跟丈夫比起来,我的购物欲望可算是近于零,但我还是很感激那句话,违心地回答:"我在想要不要买块小的。"其实我从刚才起就一直在想:要么要那边那块蓝的,要么要这边这块黄的。最后我终于露出了真面目,请画廊的人把它们取下来铺在地上让我看,又厚着脸皮让他们再把地毯挂回去让我看。还把那两块摆在一起,站直身子居高临下地凝视,眯起眼睛仔细思考,最后终于涨红了脸,鼓起勇气,豪气干云地说:"请给我这块蓝色的!"

如此这般,我也成了自己心中憧憬已久的加贝持有者。从将加贝放到车后座的那一刻起,我一想到这点就会高兴得不行,忍不住像巴尔坦星人[1]那样"嚯嚯嚯嚯嚯"地笑出声来。到家以后,立即就把它铺在起居室延伸出来的榻榻米上。真好看,真高兴。接着又躺到加贝上打了个滚,这里摸一摸,那里摸一摸。之后还有时会把它拽到阳台上,大家一起坐在上面点茶。无论何时回首,它都静静地待在那里,让我心里缓缓涌起一股幸福感。如今,我成为加贝持有者也已经有四年了。

好啦,今早也要把落得家里到处都是的阿玉的狗毛吸干净哦!喂喂,阿

---

[1] 出自《奥特曼》(1966.7 ~ 1967.4),是奥特曼系列作品中第一个出场的宇宙人。外形上,双眼似蝉,双手似龙虾钳。——译者注

玉，快躲开呀。阿玉好不容易才撑起身子。唔唔。虽然早已接受了这个事实，啊啊，但阿玉最喜欢的床下面竟然铺着我的宝贝蓝色加贝。沾满狗毛，散发着狗味儿的加贝的持有者就是我。唉唉。

写下这篇文章的几个月后，平成二十年九月三十日，金毛巡回犬阿玉过世了。其后好几个月，再也没有狗狗躺在我的加贝上，时间就那样安静而寂寥地流淌着。至于现在，我家新来的标准贵宾犬阿种每天都会顶着一副理所当然的嘴脸，趴在我的加贝上打呼噜睡觉。

| 加贝——52 ~ 53 页

收获欣喜 | 家

"我们来盖房子吧。"丈夫一时兴起。

啊,这样一来,他无论如何也要把房子盖起来了。总是这样。

"我们来做桌子吧。"说完他就会跑到石匠那边去,要来一块超过一百公斤的大石板,叮叮当当地做起了桌子。

我们两个人小时候都曾被人评价过:"一旦打定主意就没有人能拦得住。"也被长辈责骂过:"地球可不是绕着你一个人转的。"虽然我已经相当没救了,却还是比不上丈夫的坚持。一旦想到什么,他就会马上行动起来,那种行动力简直太厉害了。

啊,现在可不是感慨的时候。果不其然,丈夫已经去找建筑家高木先生商量了。而且如果没记错的话,我们的存款只有五十万日元,这要怎么盖房子啊。

"唉，我们没钱啊，真的能把房子盖起来吗？"

"没问题。因为我拜托高木先生，请他'赌上建筑家的骄傲，挑战成本底线'了。"说完他还拍了拍胸脯。哇，真的没问题吗？就在我优哉游哉地发愁时，他们却已经解决了钱的事情、地的事情、设计的事情……像一阵风一样。

最后，事情还被传成了"有了孩子的徒弟（竟然不知好歹地）要在出师前盖房子了"这样的大新闻。

我们的小家到底要盖在什么地方呢？放眼望去，周围都是山，到处都能盖房子。一开始我还若无其事地想，那座视野不错的杂木山顶上就不错啊，那边的栗子树林感觉也很好呢。可是，让人家把土地卖给我们却不是那么简单的事。毕竟我们当时还是"从东京来的怪人"，名副其实的"外人"啊。这下怎么办？我还在想着这个问题时——

"阿智，就选这里吧。"丈夫又行动了起来。

这是一个从内屋村还要往山里走一公里远的小小山谷。我们经常到这里散步。以前可能有人在这里开垦过田地,因此地势很平缓,周围还有一条小溪环绕。对我们来说,这块土地不知为何显得特别明亮耀眼。在丈夫眼里,说不定当时就已经看到了一个小家,以及我们几个人在里面生活的情景。

一年后,丈夫眼中的那个小家真的建成了。我们最后请寺院住持把小溪沿岸的一小块土地也转让给了我们。

"先在这里盖房子,过好自己的生活,周围的人也就会渐渐开始接纳你们。所以啊,一切都要从这里开始。"住持是这样说的。

正好丈夫的修习也结束了。

阳台朝南面伸出,冰雪消融,天气变暖之后,每天早晨都有小鸟落在上面。我也忍不住会走到阳台上,深深地吸入新鲜空气。透过面向阳台的大窗户,则可以看到满月和星空,漫天的雪花,以及娇嫩的幼芽、闪烁的萤光。

丈夫最想要的是从玄关延伸进屋里的走廊。穿过这条昏暗的走廊,就会来到宽阔明亮的起居室。走廊正对的起居室中央有个让人感到安心的柴炉。大雪纷飞的季节,从外面回来,打开玄关门,一炉烧得正旺的柴火就会跟家人一道迎接自己。

我们家的地板、墙壁、外墙和阳台全都使用了当地的"档木"。这种耐水性强的木材经过风雨和岁月的洗礼后，会变成美丽的银鼠色。这就是为什么至今仍有人称赞奥能登的房屋十分美丽。窗户一定要使用木制的窗框，电灯开关全都用了我们自己收集到的欧洲复古物品。种在周围的众多树木从第五年开始噌噌地伸展枝丫，转眼间就长大，现在已经成了一片小树林。自从丈夫那次一时兴起，已经过了将近二十年，在此期间，原本的小家左边又新建了工房，右边也多了儿童房。正如周围的树木一样，房子跟我们都在一点点长大、成熟。然而，这里依旧跟当初一样，在我们眼中显得特别明亮耀眼。

我会一直从窗边向外眺望，一直在厨房煮着豆子喝茶，一直躲在儿童房里读自己喜欢的书。虽然能闲着不动的时间不多，但这个家还是给了我许多欣喜。

后记

大学时代。有一天,朋友突然问我:"为什么从早上起床到走进学校这么短的时间里,你却每天都能遇到好玩儿的事情呢?"

这个问题让我打从心底里吃了一惊。那个朋友跟我度过的应该是同样的时间,却说我每天早上都会谈论各种各样有趣的事情。被她这么一说,我自己也想起来,早上一碰到朋友,就会开始说:"今天我在阿佐谷的车站啊……"再仔细想想,好像确实从小时候起,我身边就充满了各种各样的故事,不知不觉就会跟别人滔滔不绝地说了起来。

在我热衷于儿童文学时,一度认为自己也能写出那样的故事来。不过那只是我的错觉,自从意识到这点后,我就再没想过写文章这种事了。

所以,在年过四十之后,突然听到有人提议我写写文章,让我感到很是困惑。尽管如此,我还是鼓起了勇气,带着紧张的心情拿起了笔,这才发现写文章竟是一件如此有趣的事情。这次我又想写写自己和"物品"之间的小故事，结果一动笔就停不下来了。就这样，文章变成了铅字，组成了一本小书。看来我真是个幸运的人。不仅如此，一直跟我亲如家人的好友雨宫先生还为我拍了这么多照片，实在是让我太高兴了。

在写这本书的过程中，发生了大地震。原本还是初中生的儿子转眼就到东京上了大学，跟长女一样开始了自己的生活。跟我们一起生活了将近十五年的狗狗阿玉也过世了。尽管如此，我家那些年轻的弟子们一个个都结了婚，有了孩子，我身边还是一样的热闹非凡。我也依旧跟以前一样，滔滔不绝地讲着各种趣事。

最后，我要对一直支持我的家人、工房的各位以及编辑表示深深的感谢。还有将这本书捧在手上阅读的读者，谢谢你们。

本书中登场的生活道具
（附咨询・购买方式）

[P3 ／ P109]　秋田小夜子的茶壶・・・・・・・・・・・・・・・・・
-
大（高 11cm）小（高 12.5cm）
-
咨询：鷺の森陶房（秋田小夜子）
広島県竹原市新庄町 1661
Tel.&Fax.0846-29-0347
-
购买：ギャラリーぐうて
広島県三原市円一町 3 - 4 - 6
Tel.0848-64-7265

[P3 ／ P105]　上泉秀人的镐杯・・・・・・・・・・・・・・・・・
-
有各种尺寸，大的约直径 10cm，高 10cm。
-
经销：トライギャラリーおちゃのみず
東京都千代田区神田駿河台 3 - 5

Tel.03-3291-5811
HP：http://www.labline.tv/tri

[P6 ／ P110]　三谷龙二的木器皿・・・・・・・・・・・・・・・・・・・・・・・・・・・

方盘（栗　隅丸 24cm×24cm×3cm）　碗（山樱　21.5cm×22cm×6cm）
盆（山樱　25.3cm×28.2 cm×3.3 cm）
-
HP：木の器　http://www.mitaniryuji.com/

[P11 ／ P111]　井畑胜江的陶器・・・・・・・・・・・・・・・・・・・・・・・・・・・

筒型茶碗（高 11cm，直径 8.5cm/ 高 10cm，直径 8cm）
饭碗（高 7cm，直径 13cm）　荞麦面猪口杯（高 7cm，直径 8cm）

[P16 ／ P49・54]　小野哲平的陶器・・・・・・・・・・・・・・・・・・・・・・・・

小钵（高 6.5cm，直径 16cm）　茶碗（高 8.5cm，直径 6cm）
小碟（高 3cm，直径 15cm）　荞麦面猪口杯（高 6cm，直径 7.5cm）
-
咨询：小野哲平
高知县香美市香北町谷相 2224
Fax.0887-59-2254
HP：http://www.une-une.com/

[P19／P52〜53・104・110]　壶田亚矢的器皿・・・・・・・・・・・・・・・

荞麦面猪口杯（高7cm，直径8cm）　片口 大（高11cm），小（高9.5cm）

经销：gallery-mamma mia
滋賀県甲賀市甲南町野川835
Tel.&Fax.0748-86-1552
HP：http://mammamia-project.jp/

经销：高千穂がまだせ市場〈鬼八の蔵〉
宮崎県西臼杵郡高千穂町大字三田井1099 - 1
Tel.0982-72-5002

[P22／P106〜107]　印度的奶壶・・・・・・・・・・・・・・・・・・
※ 丈夫去印度拜访纺织品设计师真木千秋时带回的礼物。

[P27・35／P59・51]　赤木明登的便当盒、切溜食盒・・・・・・・・・・・・・・・

双层便当盒（长16.5cm，高10cm）
椭圆便当盒（高5.5cm，直径13.5cm）　圆角便当盒（长19cm，高4.5cm）
切溜　正方（亲・盖　7寸）　长方（亲・盖　7寸×9寸）

HP：ぬりもの　http://www.nurimono.net/

[P31／P108] 杉本寿树的土锅・・・・・・・・・・・・・・・・・・

-

大（铁卷土锅 8 寸　全高 14cm）　中（铁卷煮物锅 7 寸　全高 17cm）
小（铁卷炖锅 6 寸　全高 17cm）

-

咨询：もびら　杉本寿樹
滋賀県甲賀市甲賀町毛枚 1104
Tel.&Fax.0748-88-6700
HP：http://www.mobira.jp/

[P63／P113]　而今禾的半身裙・・・・・・・・・・・・・・・・・

-

基础款半身裙（棉）　经典款连衣裙（棉 9、11、13 号）

-

咨询 & 购买：
而今禾
三重県亀山市関町中町 596
Tel.0595-96-3339
而今禾・東京
東京都世田谷区深沢 7 - 16 - 5
Tel.03-6809-7475
而今禾・台北
台北市中山北路六段 201 号
Tel.886-2-2836-6000 #201
HP：http:// www.jikonka.com

-

经销：粹更 kisara　各店铺
http://www.yu-nakagawa.co.jp/kisara/
-

※ 而今禾是三重县经营工艺品和古物的画廊，在东京和台北分别开设了分店。

[P67 ／ P95]　尤根·列鲁的羊毛毡包・・・・・・・・・・・・・・・・・・・・
-

咨询＆购买：株式会社ヨーガンレール
東京都江東区清澄 3 - 1 - 7
Tel.03-3820-8805
HP：http://www.jurgenlehl.jp/
-

※ 这个包是十年前购买的了。现在许多款式设计已经不一样了，每年秋冬其旗下的 Jurgen Lehl 和 Babaghuri 两个品牌都会举办时装展示会。

[P70]　百草的内衣・・・・・・・・・・・・・・・・・・・・・・・・・・
-

咨询＆购买：ギャルリ百草　岐阜県多治見市東栄町 2 - 8 - 16
Tel.& Fax.0572-21-3368
HP：http://www.momogusa.com/
经销：tadokorogaro
長野県松本市元町 1 - 3 - 27
Tel.&Fax.0263-36-0985
HP：http://onjaku-tadokorogaro.com/
-

※ 百草生产过一些款式的内衣，书中所提款式 2010 年 8 月已停止生产，新的款式情况请咨询相关店铺。

[P75 ／ P112]　早川由美的半身裙・・・・・・・・・・・・・・・・・・・・・・

半身裙（土佐绸补丁裙）　立陶宛麻袴裤
咨询 & 购买：
早川ユミ　高知県香美市香北町谷相 2224
Fax.0887-59-2254
HP：http://www.une-une.com/

※ 由美的半身裙都是一件一件制作的，色彩搭配也各个不同，希望你有机会能实际用手摸一摸、穿上试一试，选择最适合自己的一件。

[P78 ／ P46]　藤原千鹤的室内鞋・・・・・・・・・・・・・・・・・・・・・・

咨询 & 购买：Zakka
東京都渋谷区神宮前 5-42-9 グリーンリーブス＃１０２
Fax.03-3407-7003
HP：http://www2.ttcn.ne.jp/zakka-tky.com（有关于室内鞋的详情页）

※ 室内鞋材质有皮革、牛仔布、麻、帆布等，款式有带装饰带的、后跟加垫橡胶的等多种样式，尺码有 S、M、L 等。

[P82／P94]　菜篮子・・・・・・・・・・・・・・・・・・・・・・

※ 购于轮岛早市街的民艺品店。

[P119／P102～103]　辻和美的玻璃片口・・・・・・・・・・・・・・・

巨大片口（高 34cm，直径 32.5cm）

咨询 & 购买：
factory zoomer/shop
石川县金沢市清川町 3 - 17
Tel.&Fax.076-244-2892
HP：http://www.factory-zoomer.com/

[P121／P47]　晒谷梯・・・・・・・・・・・・・・・・・・・・・

※ 我和奥能登一位古董商大叔关系很好，从他那里买了许多晒谷梯。遗憾的是现在他已过世了。

[P123／P58]　美津留・卡梅利亚的彩铅画作・・・・・・・・・・・・・

有 F6（约 A3 大小）和 F4（约 B4 大小）两种尺寸。
咨询 & 购买：カメリアーノ色鉛筆画研究所
石川县金沢市泉野出町 3 - 16 - 25　絵本・石けんの店 宇吉堂内

Tel.&Fax.076-241-9818　HP: http://web.mac.com/ukichido

经销：ギャラリー夢雲
奈良県宇陀市室生区向渕415
Tel.0745-92-3960
HP: http://www.39moon.com/

[P125 ／ P56 右上 (中央)]　轮岛的匠人帚・・・・・・・・・・・・・・・・・・・・

※ 也是在轮岛早市街的某家店里寻得的。

[P125 ／ P56 左下]　岩谷雪子的扫帚・・・・・・・・・・・・・・・・・・・・

长柄（约130cm）　短柄（约90cm）　桌帚（约40cm）

咨询：岩谷雪子　E-mail iwat66@ybb.ne.jp

经销：Zakka
東京都渋谷区神宮前5-42-9 グリーンリーブス＃１０２
Fax.03-3407-7003
HP: http://www2.ttcn.ne.jp/zakka-tky.com

[P125 ／ P56 右上（左）]　苔帚・・・・・・・・・・・・・・・・・・・・・・

也叫作除穗帚或隅帚（长款，约68cm）。

咨询 & 购买：白木屋傳兵衛
東京都中央区京橋 3 - 9 - 8　白伝ビル 1F
Tel.03-3563-1771
Fax.03-3562-5516
HP：http://www.edohouki.com/

[P128／P56 右上 (右)・P116 (窗边左起第六个)]　越南的扫帚和水壶・・・・
-
※ 在日本很难买到这么大的扫帚，我有点后悔当时没给自己多买几把。水壶的焊接点是铝制的，只是看着它我就很开心。

[P132／P52～53]　ONO 画廊的加贝・・・・・・・・・・・・・・・・・
-
尺寸从 30cm×30cm 到 200cm×300cm 左右的都有。
-
咨询 & 购买：Gallery ONO
岡山県岡山市北区幸町 9-11
Tel.086-225-1772
Fax.086-221-1678
HP：http://ameblo.jp/zempei/
-
※ 除了冈山的店铺，ONO 画廊也会在日本的其他地方举办展览。

本书中介绍的物品基本都是一件件手工制作的，实际的颜色、尺寸可能会与书中描述或照片展示的不同，若需购买请事先咨询确认。

"赤木智子的生活道具店"是由赤木智子女士策划的展示并销售日常生活用品的项目，自 2005 年起陆续在日本各地的美术馆进行展览，最新的展览信息请登录"ぬりもの"网站（www.nurimono.net）查询。

"AKAGITOMOKO NO SEIKATSUDOGUTEN" by Tomoko Akagi
Copyright © Tomoko Akagi, 2010
All Rights Reserved.

Original Japanese edition published by Shinchosha Publishing Co., Ltd.
This Simplified Chinese Language Edition is published by arrangement with Shinchosha Publishing Co., Ltd.
through Beijing Daheng Harmony Translation Service Ltd.

图书在版编目（CIP）数据

赤木智子的生活道具店 /（日）赤木智子著；吕灵芝译. —北京：新星出版社，2017.5
ISBN 978-7-5133-1273-8

Ⅰ. ①赤… Ⅱ. ①赤…②吕… Ⅲ. ①散文集 – 日本 – 现代 Ⅳ. ①I313.65

中国版本图书馆 CIP 数据核字 (2017) 第 055929 号

赤木智子的生活道具店

（日）赤木智子 著　吕灵芝 译

摄　　影：（日）雨宫秀也

策划编辑：东　洋
责任编辑：汪　欣
责任印制：李珊珊
装帧设计：@broussaille 私制
美术编辑：42 Studio · Caramel

出版发行：	新星出版社	印　　刷：	北京汇瑞嘉合文化发展有限公司
出 版 人：	谢　刚	开　　本：	889mm×635mm 1/32
社　　址：	北京市西城区车公庄大街丙 3 号楼 100044	印　　张：	5
网　　址：	www.newstarpress.com	字　　数：	41 千字
电　　话：	010-88310888	版　　次：	2017 年 5 月第一版 2017 年 5 月第一次印刷
传　　真：	010-65270449	书　　号：	ISBN 978-7-5133-1273-8
法律顾问：	北京市大成律师事务所	定　　价：	58.00 元

读者服务：010-88310811 service@newstarpress.com
邮购地址：北京市西城区车公庄大街丙 3 号楼 100044

版权专有，侵权必究；如有质量问题，请与印刷厂联系调换。